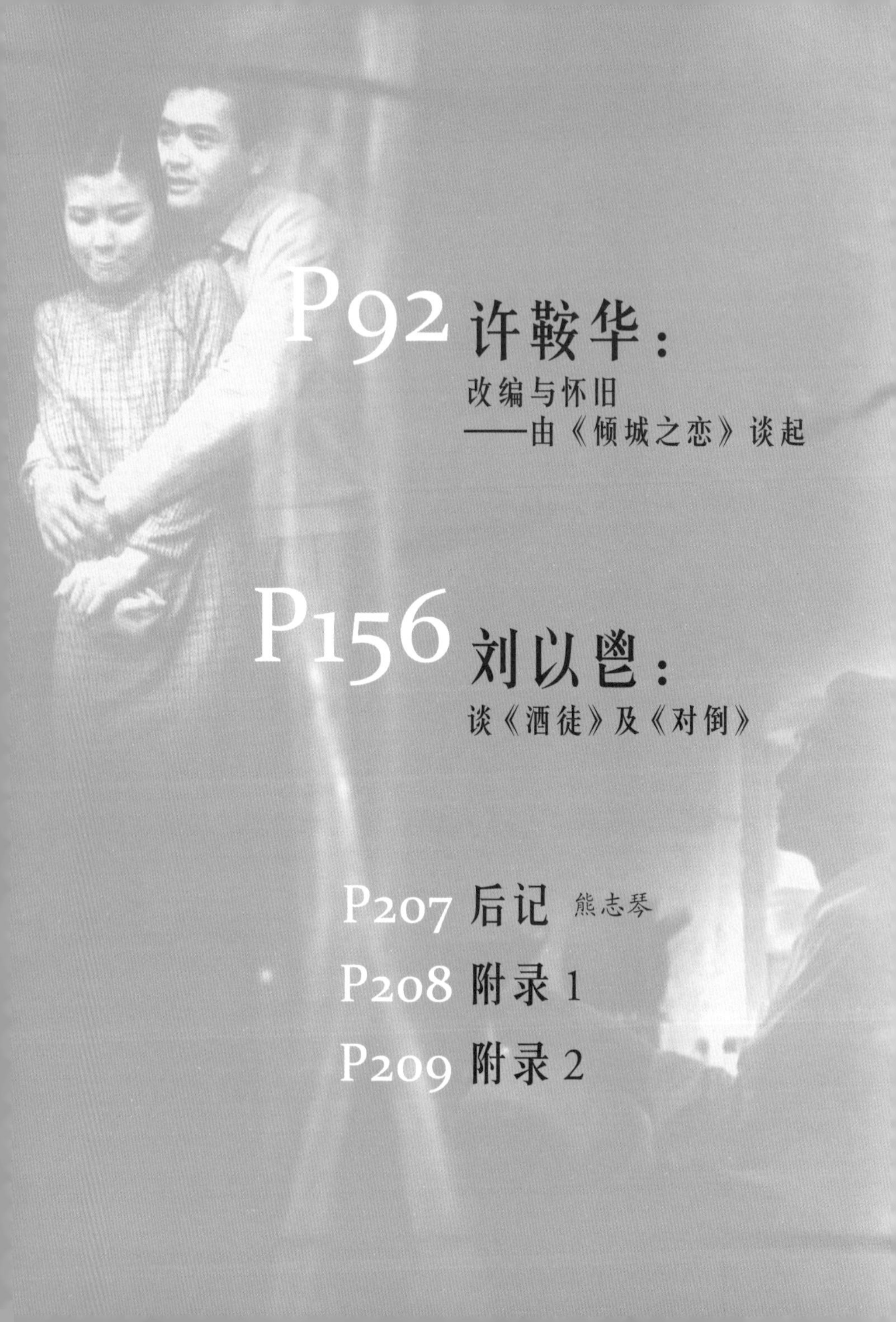

前言

关于“香港文学专题：文学与影像比读”课程

在香港中文大学中文系任教二十多年，开设的是中国现代文学、创作两科目。尽管我也用了相当多时间研究香港文学，可却从没在系里开过“香港文学”课。理由只有一个：材料欠缺，研究尚未成熟，还有许多疑问无法解决。

等到2000年，即临近退休前两年，我感到好像在教学上欠了一小块，于是决定开设两门新课：“香港文学散步”及“香港文学专题：文学与影像比读”。这两门课，在一贯重视传统语言、文学、文献教学与研究的中文系里，实在有点“不像样”。2001年开“香港文学散步”一科，除了依据“远方倾慕——双城情结”“血脉相连——南来君临”“本土身世——蒙昽寻觅”等大项，细读作品外，还带同学外出实地考察，增添现场感受，又到电影资料馆观看有关时代的电影，这种教学方式，在讲究传统的中文系从未用过。2002年开“香港文学专题”，更全取已有影像成品的文学作品，作为研读对象，这种近似通识教育、文化研究的角度，恐怕也不是传统中文系教学所选取的。

现在事过境迁，而为“香港文学专题”课程而设的演讲记录要出版了，我特借此机缘，检视课程中所得经验。

我在中文系开设此科，目的在于强调对香港现代文学进行精读与细察，纠正一般人粗疏的阅读及观看习惯，刺激他们“发现问题”，并对问题加以思考诠释。另一方面，希望能使看惯影像的人，回到文字的细心阅读，又使看惯文字的人，探索已经无处不在的影像与文字的关系，使他们游走于两种完全不同的媒介之间，不易向一边倾斜。于发现问题后，寻根追源，再加解读诠释，便有所得的喜悦。

当初未曾预计选修这科的人数会超过百人，我本来的设计是全班都要通读设定的作品，包括文本与电影、电视版本。为了使每位同学都能细读精看，我把全班分成不同的导修小组，选定作品研读。事前他们精读作品，细观影像，然后来跟我讨论，再设定可讨论的题目，加上各项参考资料，分派给同学，以备全班研讨。在研讨过程中，文学技巧，配以理论，当然是重点。可是出乎意料的，却是部分同学的“过分”探究入微。我说的“过分”，不含贬义，可能我一向给学生的印象，是极度精细，他们也学着朝这方面用力。例如研读刘以鬯《对倒》的一组，就对长篇、短篇两个文本与电视版本详加比对，甚至细如二者所采用的歌曲有何含意，也在讨论之列。又如研读李碧华的《霸王别姬》的一组，既要比较 1985 年的简略版与 1992 年的修订版，又要比较罗启锐的电视版与陈凯歌的电影版，十分吃力地细意找出异同的原因。其他各组都必然寻出一些文字或影像、镜头微妙的运用、调度之不同，讲出细节与变化。许多地方，连我都没注意。这样子的阅读，不知道会不会令他们视野狭窄，或过分解读。由于我没再有开课的机会，故无法求证。

在他们全数研读过后，我相信许多问题还需找寻解答。请与同

题有关的人士来解说或交流，效果一定更理想。于是，我安排了一系列讲座，邀请了演员、作者、导演到学校来，围绕研读的作品，给同学演讲及解答问题。这种演员、作者、导演与作品间的互通解析，对同学的学习过程来说，既解惑，也深化，在讲堂上，是难得一见的互动与撞击。刘以鬯先生认为最好跟同学面谈而非演讲，故形式有些不同。

张国荣先生、伍淑贤小姐、许鞍华小姐、刘以鬯先生，在演讲或回答同学问题时，都乐意坦率表达自己的看法，这种回应与交流，对学生来说，实在十分宝贵。他们的出席，让我们有如此的学习机会，令整个课程获得圆满结果，而他们也答允把演讲记录的文字版本让我们出版，在此，我诚意一一向他们道谢。

卢玮銮
2002 年 12 月 8 日初稿
2007 年 1 月 30 日修订

附记

正当我开始请同学整理各位演讲者讲稿的当儿，噩耗传来，张国荣先生突然去世，这次演讲记录，成为他的绝唱。校稿时细味他的讲话，当日他的一言一动，宛然在耳在目。没想到，他的一念间，身躯一跃，遂写下不可磨灭的悲情。香港损失了一位认真、出色的演艺家，校毕全稿，我不禁掩卷凄然。

张国荣：

如何演绎
李碧华小说中的人物

张国荣早于1980年就曾在李碧华编剧的香港电台电视剧《我家的女人》中，饰演景生一角；后来又在两部改编自李碧华小说的电影《胭脂扣》（1988年）及《霸王别姬》（1993年）中饰演十二少及程蝶衣。张国荣的声色演技，令人印象难忘。

这次讲座以十二少和程蝶衣两个人物为重心，张国荣从演员和读者的角度出发，与同学分享他对这两个人物包括对《胭脂扣》和《霸王别姬》的理解，以及戏里戏外的演绎心声。

2002 年 2 月 22 日
13:30—15:30

“我跟李碧华是好朋友，主演过几部碧华的作品，都是好戏！第一套是《我家的女人》[1]，但由于当时此类题材并未流行，而内里有关内地和香港的意涵也没有引起太大的回响。在我眼中，碧华的作品是成功的，有美而壮烈的内在，故事往往能抓住人生最光辉、最灿烂的刹那加以发挥。而我欣赏碧华小说中那种坦荡荡的、毫无保留的风格。”

1 《我家的女人》乃香港电台“岁月河山”系列单元剧之一，1980 年推出。由李碧华编剧，黄敬强执导，张敏仪监制。该剧荣获“十六届芝加哥国际电影节”金奖及“第一届英联邦电影电视节”银奖。

在《胭脂扣》中，我如何演绎十二少这个角色？

《胭脂扣》中十二少的角色最初选角是郑少秋，后郑因沈殿霞（按：郑少秋前妻）怀孕而辞演，故由我接手。

最初接到《胭脂扣》的剧本，我的戏份只有三页纸，对白的总数不过是十多句而已，工作量只有十天左右。

事实上，在《胭脂扣》原著中，十二少这角色的重要性远远不及如花，但我接手此戏，到往试造型——一袭长衫，如此风度翩翩，直教人觉得，这角色根本是为我度身订造的。碧华为我的魅力所打动，于是特别为我增写戏份，而导演关锦鹏也把我的拍摄期增至二十多天，电影最后以两个不同年代的双线形式发展。

这也许说明了，我是一个有魅力的演员，对一个作者而言，或从商业的角度而言，我对观众也有着一定的吸引力跟叫座力，这正是市场的基本需求。

基于上述原因，故在电影版《胭脂扣》中，十二少这个角色的着墨远较原著为浓，因此这套戏更令我获得“最佳男主角”的提名。

而在我所演过的角色当中，个人最喜欢的是《胭脂扣》中十二少的角色，当时导演关锦鹏的拍摄很开放，角色情感的表达绝对是义无反顾、毫无保留的，就这点而言，我觉得是关锦鹏导演对我的重视与提升。

对于《胭脂扣》这套戏，有人觉得关锦鹏放大了女性的执着，而我的看法是：碧华的原著故事本如此，人物本如此。

至于十二少这角色，实在是相当复杂也是相当简单的，他舍得为如花放弃丰厚的身家，但在生死抉择之时，又表现得极其懦弱无力，乃至逃避。基本上，我觉得十二少是一个“色鬼”，也是一个“无胆鬼”，演这样的角色是一项挑战，因为在这个人物身上，充满了“性”与“爱”的张力！

而李碧华的《胭脂扣》最能吸引人的一点，是她能写出人物那种醉生梦死和为爱倾尽所有的感觉，又能引领读者进入她精心经营的情调和氛围中，使读者可以不断follow（跟进）故事的情节。前些日子小思曾介绍我看一篇李碧华的新作——《吞噬》[2]，也是一篇写得十分出色的作品。所以碧华的作品，对我有很大的吸引力，演绎她笔下的角色前，就先对角色有了好感。

2 李碧华：《吞噬》，收入《樱桃青衣》，香港：天地图书有限公司，2002年，第197—217页。

而《胭脂扣》电影版跟文字版的结局有点差异，这点差异呈现的，是导演和作者利用影像与文字两种媒体表述故事时的不同考虑，但无疑电影版本的戏剧性较浓，这也是必要的。

如花与十二少的爱情纠结是怎样的？

有人质疑，以《胭脂扣》中十二少所服的鸦片分量，结果是如花死了而他竟能逃过大难而苟活，是否有不合理之处。关于这点，碧华的解释是："十二少是一名富家子弟，自小丰衣足食，故身体底子较为妓的如花为佳，抵抗力也较强。"而我的意见则是，如果十二少死了，《胭脂扣》便无以为戏了，而且世事无奇不有，本就没什么不可能的。

至于故事中，"殉情"的情节是如花一厢情愿的设计毒害，她趁十二少意识模糊之际喂他食鸦片，本质就是"存心欺骗、蓄意谋杀"，但在电影的结局里，潦倒且生活不堪的十二少，见到如花的鬼魂，竟对着她的身影哭诉"对不起"，这当中是否有矛盾？

事实上，十二少又何尝不知如花的用心，歹毒却也可敬。这个女子为他香消玉殒，苦苦等了他半个世纪的时光，而他实在负担不起这么沉重的感情，也不敢跟她同死。因此，十二少要致歉的是他对这个女子真情的辜负。这跟如花蓄意谋杀他是两回事，因为到底如花是死了，而他却活了下来！

关于电影《胭脂扣》的结局，刚才这位同学说不解如花既然见到年老而又活得潦倒的十二少时便对他死了心，为何仍要把胭脂匣还给他？

你是否还没恋爱过，所以才有这个问题。一个未曾真正恋爱过的人，在感情上还是一个小孩，他不会知道爱情会令人何等地刻骨铭心，也不会明白恋爱里的人有时会出现那种既复杂又矛盾的心情。爱情绝不是A+B=C这么简单的事。好像如花，她最后把胭脂匣还给十二少，是想当面与他来个了断，感情上是决绝的。胭脂匣是十二少给如花的定情信物，把如此重要的东西归还，表示一切完全结束，如花那么多年来的苦苦等待，终于可以真正画上句号。

《霸王别姬》的结局处理

《霸王别姬》这电影的结局很吊诡，较之原著的结局相差甚多——原著是另一个“虞姬”菊仙死了，霸王段小楼“渡江”南来香港，数十年后重遇年迈的蝶衣，洗尽铅华的两人在澡堂里肉帛相见，只是他们都老了，一切暧昧的、似是而非的情感都淡了。

至于电影，则大刀阔斧地删了南来香港这一笔，只交代饰演“虞姬”的程蝶衣在台上自刎，而“霸王”段小楼喊了一句这个“女子”在现实生活里的小名，而后脸上浮现一抹充满悬疑的笑，一切就此打住。

其实电影这个结局是我跟张丰毅两人构思出来的，因为我跟他经历了电影前部分的制作跟演绎，都有感在大时代的浪涛中，电影是难以安排霸王“渡江”南来的。毕竟，“文化大革命”这部分是很沉重的戏，经历了这段，实无必要像小说那样再安排他们年老的重逢，这会令“戏味”淡了。结局他俩只要凭着彼此昔日的感情和感觉忆起对方，轻轻带过就可以。

两个主角之间的关系

我与张丰毅一直着眼于两个角色之间的感情发展，尤其是蝶衣对师哥感情的变化：由起初蝶衣对师哥的倾慕；至中段师哥爱上菊仙，蝶衣仍固执地爱恋着师哥；到尾段，蝶衣年华老去，不复当年，然而与此同去的，还有他与师哥的一段感情。所以蝶衣的死，总括而言有三个原因：第一是虞姬个性执着，要死在霸王面前。故事中，蝶衣其实就是虞姬，虞姬也就是蝶衣，两人的命运是互相影叠的。“霸王”既已无用武之地，与霸王演对手戏的“她”——虞姬，是再也不能苟延其情的了，故死也要死在霸王面前。第二，蝶衣想以自杀来完成原著故事的情节。蝶衣是一个有梦想的人，他喜爱舞台上那种热烈生动的演出，也只有舞台上与师哥合演“霸王别姬”时，他才能遂其心愿与师哥成为真正的一对。舞台是蝶衣实现其梦想的地方。所以当蝶衣发觉在现实生活里，他与师哥没有了以往那种亲密的感觉时，他宁可选择以虞姬的角色来结束他的生命，做一场真正的“霸王别姬”。第三，年华老去，蝶衣不能接受，选择自杀，因为他曾经是那么芳华绝代而又倾倒众生过。由此可见，主角二人的感情根本无法走出“霸王别姬”这个典故的宿命，所以电影的结局让它回归原来的典故，是最合理和最具戏剧性的处理。

而且以程蝶衣的性情，他是怎么也无法接受这样的爱情，霸王已无用武之地，要在他铅华尽洗之际苟延情感，是难堪的局面。现实生活里，程蝶衣是个放纵的人，却也因此，“她”不能接受现实走到恶劣之境。

再者，在我们理解中的“别（虞）姬”程蝶衣，是一个有梦想的“女子”,“她”向往舞台上那种热烈生动的演绎，也只有在舞台上，“她”才有最真实的生命。所以，让“她”死在舞台上，是最合理，也是最具戏剧性的处理。

同性恋的话题演绎

小说版的《霸王别姬》，李碧华在同性恋这一主题上的表述和态度是比较明显、宽容和自然的。然而陈凯歌改编的电影《霸王别姬》，却充满了极端的“恐同意识”，扭曲了同性恋独立自主的选择意向。

或许我的确是颠覆了《霸王别姬》这套电影的演绎。在同性恋这方面，就内在题材表述而言，我认为导演陈凯歌的取镜很压抑，过分压抑。无可否认，国内对这类题材的处理较敏感，陈凯歌有其苦衷，是基于避忌吧！这是可以理解的，因为陈凯歌有许多因素需要考虑，加上他个人的成长背景，所以电影会有这样的表现。

此外，影片能否卖掉或公映都是影响陈凯歌怎样拍片的重要因素。很多人知道国内的政治审查很严，导致很多电影不能在国内上映。《霸王别姬》的题材敏感，故也纳入被禁之列。就算这部片后来在戛纳获得金棕榈奖，又在台湾获得金马奖，内地仍在禁映。然而，只要看看京剧发展流程里的特殊状况，就会发现台上的夫妻皆是男人，这造就了男人与男人之间的特殊感情。这是绝对合乎人性的。

然而陈凯歌在电影里一直不想清楚表明两个男人之间的感情，而借巩俐（按：饰演菊仙）来平衡故事里同性关系的情节，这便提升了巩俐在电影里的地位。所以，作为一个演员，我只有尽力做好自己

的本分，演好程蝶衣的角色，把他对同性那份义无反顾的坚持，凭着适当的眼神和动作，传递给观众。而某种程度上还是要注意怎样平衡导演对同性恋取材的避忌。

张丰毅在同性恋演绎的表现上，也很避忌。例如电影有一场搂腰戏，张丰毅被我抱着腰时，却紧张得全身在发抖！

个人而言，我接拍一个角色，一定会事先挑选好，也做好了心理准备，在拍摄时因而有最投入的演绎。其实，早些年香港电台已要开拍电视版的《霸王别姬》，他们邀请我饰演程蝶衣，我考虑了很久，终于还是推辞了。

多年后我接拍《霸王别姬》这部电影，便可以完全把自己放开了，我以为一个演员应该义无反顾，为自己所演绎的角色创造生命，如此演员方可穿梭于不同的生命，亦让角色真实而鲜明地活起来。

但在拍摄过程中，作为一个演员，我的演绎必得平衡导演对同性恋取材的避忌，而我只能尽自己的能力做到最好。

我以为，如果《霸王别姬》的电影能忠于原著，把当中同性恋的戏作更多的发挥着墨，这套电影于同类题材电影而言，地位必定较我后来接拍的《春光乍泄》为高。

而在我演绎的过程中，基本不受原著的局限，我以为演员应有开放的胸襟，而电影亦可以是独立于文字的，是一个开放的空间，演员可以透过全新的演绎给予角色另一番生命！

讲座期间，同学们一连串的问题都围绕着张国荣与李碧华的合作展开。首先，有同学问张国荣在电影《胭脂扣》和《霸王别姬》里的演出，有否受到李碧华小说原著的限制？而他与李碧华如此相熟，会否反而局限了大家的合作？此外，他还想拍李碧华的哪部作品？

前两个问题，张国荣同样回答没有。他说李碧华写书有时候也是为了他。至于他在电影里的演绎，基本上不会受原著的限制。他认为，电影可以相对于文字而独立，是一个开放的空间，演员应有开放的胸襟，且要不断开放自己，更新自己的演绎，然后给予角色另一番新的生命。

此外，张国荣表示很喜欢李碧华的另一部作品《青蛇》，可以的话，他想演许仙的角色。至于白蛇、青蛇和法海几个重要的角色应该找谁来演，张国荣认为DoDo（按：郑裕玲）、巩俐和周润发都是很合适的人选。另外，张国荣又认为李碧华的作品一向都没有绝对的是非对错的判断。就如“同性恋”这种敏感的题材，她也处理得十分“人性”。张国荣表示有机会的话他想把李碧华小说里最精彩的地方拍出来。而他下一次最想做的就是当一个导演，这是他很久以来的一个心愿。

另外，同学亦问及张国荣在电影内外的阅读经验。作为一个演

员，当他阅读李碧华的那两部小说时，会否因为自己要演绎其中某个角色，而不能以一个普通读者的心来阅读和欣赏作品，因而影响他对小说的理解？

张国荣回答说不会。他说不管什么原因，阅读于他首先是一种享受，他会尽情投入其中，然后很快便会被书中描述的事物吸引。然后张国荣举出他阅读《红楼梦》的经验为例子，指出书中有许多细致的描写都十分引人入胜。此外，同一部作品，要是在不同的阶段阅读，所得的体验都会不同。

只是作为一个演员，阅读时很容易便会把小说的文字影像化，这或许是演员的毛病。而文字与影像是两种不同的媒体，两者本就存在分别。电影主要凭借光和影向观众传递讯息，因而没有书中描述的那种味道。所以由文字转化到影像的过程中，往往会有一种“味”的失却，这种“味”是文字所独有的味道。

选自《胭脂扣》

李碧华 著

于是她清清喉咙，在这艰辛的时刻，为我缕述她故意隐去的一个环扣——

如果思潮起伏，心中萦绕一念：十二少与自己分手，是因为自己不配。他这样回家去，生命中一段荒谬的日子抹煞了，重新做人，今后，便是道左相逢，二人也各不相干。一个越升越高，一个越陷越深，也是天渊之别。十二少，如此心爱的男人，自是与程家淑贤小姐成婚了，淑贤不计前嫌，幸福唾手可得；自己艰苦经营，竟成过眼烟云，真是不忿。想那程家小姐，在与陈家少爷跨凤乘龙之日，鼓乐喧天，金碧辉煌，披着龙裙凤褂，戴了珠钻金饰，交杯合卺，粉脸飞红，轻轻偎在十二少怀中……日后……

如花还不及想到日后。

她只想到今晚。无端地邪恶：

这个男人，她要据为己有！

自己得不到，谁也不可以得到！对于赌，她耳濡目染，甚是精通，这一铺，就是同归于尽，连本带利豁出去！

“在分手的那晚，我在酒中落了四十粒安眠药，细细拌匀……”

啊，我一听之下，甚为恐惧：这是一宗杀人阴谋！阿楚比我更甚，也许她念及自己一向对如花不怎么友善，怕她把她一并干掉，她来紧握我手，我俩的手一般冷，相比无分轩轾，荣膺双冠军……

这可怕的女人！

在与十二少半夕欢娱之后，如花殷勤劝饮，连尽三杯，是的，最后三杯。

然后，如花当着十二少面前吞下鸦片。她且分了一份给他，不等任何回话，以肃穆的神情来交代后事：

“如果，你也有一点真心——”

十二少当下心潮汹涌，一个痴情女子以死相许，大丈夫何以为报？他呆在原地，如石雕木刻，脑中百音鸣放，唇干舌燥。死，不死？人生最大的趑趄。

如花一瞥壁上大钟，钟摆来回走动，催促岁月消亡，她在毒发之前，不忘嘱咐：

“今天，三月八日，现在，七时七分，来生再见，为怕你我变了样子，或前事模糊，你记住：三八七七，你就知道，那是我来找你！”她把那信物胭脂匣子往颈间一挂。

——如花脸上，闪过一丝阴险，是的，如果你也有一点真心，便死于殉情；如果掉头他去，也死于被杀。这是一场心理上的豪赌。十二少并不知道他无论如何逃不过。只要他是真心的，即便死了，也是伟大的吧。

十二少拿起生鸦片烟，如花才抒了一口气，才放下心，才觉大局已定，才知终身有托。她痛苦不堪地呕吐、呻吟，但脸上一笑牵连，她以为，她终于赢了。这心爱的男人，据为己有。她吞得很多，毒发得很快。

如果，你也有一点真心……

如果，你也有……

如果，你……

但是——

据医学家解释：服安眠药和吞鸦片的状况差不多，同是剧烈的麻醉剂，毒发时陷入昏迷状态。古老方式拯救吞鸦片的垂危者，是把他放在土炕，希望吸收地气，可以回复知觉。

如花寻死志坚，力挽无从。玉殒香消。

以后的情节，可以想象：十二少，他并没有为如花而死，他颤抖着，倒退，至门前，门已上锁，花布帘还没有掀起，整个人也倒地昏迷。

陈家倾囊施救，竭尽所能……过了两个星期，十二少振邦悠悠复苏，但全身浑黑，医生诊断，中安眠药的毒，虽经洗胃，但这黑皮，要待褪去，重新生过肌肤，才算完全复元。虽脱离危险，但非一两个月，不能痊愈出院。十二少捡回一命，哪在乎休养生息。静中思量一场断梦，整个人失魂落魄。他甚至不敢猜测，孰令致此？

如花拼了一条命，什么都换不到。真不知是可怕，抑或可怜——她势难预料如斯结局，还满腔热切来寻他！

生命原是不断地受伤，和复元；既不能复元，不如忘情。

她咬牙："我错了！"声音低至听不见。

选自《霸王别姬》

李碧华 著

1

蒸汽氤氲的澡堂内，两个老人再一次肉帛相见，袒腹相向。苍老的肌肉，苟存着性命。这样地赤裸，但时间已经过去。

小楼很舒泰但又空白地说：

“一切都过去啦。”

隔着水汽，影像模糊。才近黄昏，已有不少客人，按摩、揉脚、修甲、刮面……

寻找片刻悠闲的人很多，也许他们整天都是悠闲的，只有来泡澡堂，令他们忙碌一点。

小楼和蝶衣浸得尸白。

蝶衣道：

“是呀。我们都老了。”

2

夜

“北京京剧团”的最后一场过去了。空寂的舞台，曲终人已散。没有切末，没有布景，没有灯光，没有其他闲人。

戏院池座，没有观众。

没有音乐，没有掌声。

——是一个原始的方丈地。

已经上妆的两张脸，咦，油彩一盖，硬是看不出龙钟老态。一个清瘦倨傲，一个抖擞得双目炯灼。只要在台上，就得有个样儿。

扮戏的历程，如同生命，一般繁琐复杂。

记得吗？——搽油彩、打底色、拍红（荷花胭脂！）、揉红、画眉、勾眼、敷粉定妆，再搽红，再染眉、涂唇，在脖子、双手、小臂搽水粉、掌心揉红。化好妆后，便吊眉、勒头、贴片子、梳扎、条子裹扎、插戴（软头面六大类，硬头面三大类。各类名下各五十件……）。

看小楼，他那年逾花甲的笨手，有点抖，在勾脸，先在鼻子一点白，自这儿开始……奇怪吧，经典脸谱里头，只有中年丧命的，反而带个“寿”字。早死的叫“寿”，长命的唤什么？亦或是后人一种凭吊的补偿？项羽冉冉重现了。

蝶衣一瞧，不大满意，他拈起笔，给他最后勾了一下，再端详。这是他的霸王，他当年的霸王。

时空陡地扑朔迷离，疑幻疑真。

蝶衣把那几经离乱，穗儿已烧焦了的宝剑——反革命罪证，平反后发还给他——默默地挂在小楼腰间，又理理他的黑靠。

于是，搀了霸王好上场去。

身子明显地衰老了，造功只得一半，但他兴致高着呢：

“大王请！”

小楼把蝶衣献来的酒干了，“咳”的一声，杯子向后一扔，他扯着嘶哑的嗓子，终于唱了。在这重温旧梦的良夜。

“想俺项羽——

力拔山兮气盖世，

时不利兮骓不逝，

骓不逝兮可奈何，

虞兮虞兮，

奈若何？”

蝶衣持剑，边舞边唱“二六”：

“劝君王饮酒听虞歌，

解君忧闷舞婆娑。

嬴秦无道把江山破。

英雄四路起干戈。

自古常言不欺我。

成败兴亡一刹那。

宽心饮酒宝帐坐。”

蝶衣剑影翻飞，但身段蹒跚，腰板也硬了，缓缓而弯，就是下不了腰。终于这已是一阕挽歌。虞姬抚慰霸王，但谁来抚慰虞姬？他唱得很凄厉：

“汉兵已略地，

四面楚歌声，

君王意气尽，

贱妾何聊生？”

就用手中宝剑，把心一横，咬牙，直向脖子抹去。

血滴……

小楼完全措手不及，马上忘形地扶着他，急得用手捂着他的伤口，把血胡乱地，“拨回去”，堵进去……

剑光刺目。

蝶衣望定小楼。他在他怀中。

他俩的脸正正相对。

停住。“蝶衣！”

血，一滴一滴一滴……

蝶衣非常非常满足。掌声在心头热烈轰起。

红尘孽债皆自惹，何必留痕？互相拖欠，三生也还不完。回不去。也罢。不如了断。死亡才是永恒的高潮。听见小楼在唤他。

“师弟——小豆子——”

啊，是遥远而童稚的喊嗓声。某一天清晨，在陶然亭。他生命中某一天，回荡着：

“咿——呀——啊——呜——”

天真原始的好日子。

在中国，在北平……的好日子。

童音缭绕于空寂的舞台和戏院中。

……

“师弟！”

小楼摇撼他：“戏唱完了。”

蝶衣惊醒。

戏，唱，完，了。

灿烂的悲剧已然结束。

华丽的情死只是假象。

他自妖梦中，完全醒过来。是一回戏弄。

太美满了！

强撑着爬起来。拍拍灰尘。嘴角挂着一朵诡异的笑。

“我这辈子就是想当虞姬！”

他用尽了力气。再也不能了。

后来，蝶衣随团回去了。

后来，小楼路过灯火昏黄的弥敦道，见到民政司署门外盘了长长的人龙，旋旋绕绕，熙熙攘攘，都是来取白色小册子的：一九八四年九月二十六日，“中英协议草案”的报告。香港人至为关心的，是在一九九七年之后，会剩余多少的“自由”。

小楼无心恋战，他实在也活不到那一天。

什么家国恨？儿女情？不，最懊恼的，是找他看屋的主人，要收回楼宇自住了，不久，他便无立锥之地。

整个的中国，整个的香港，都离弃他了，只好到澡堂泡一泡。

到了该处，只见“芬兰浴”三个字。啊连浴德池，也没有了。

伍淑贤：

从影像到文字

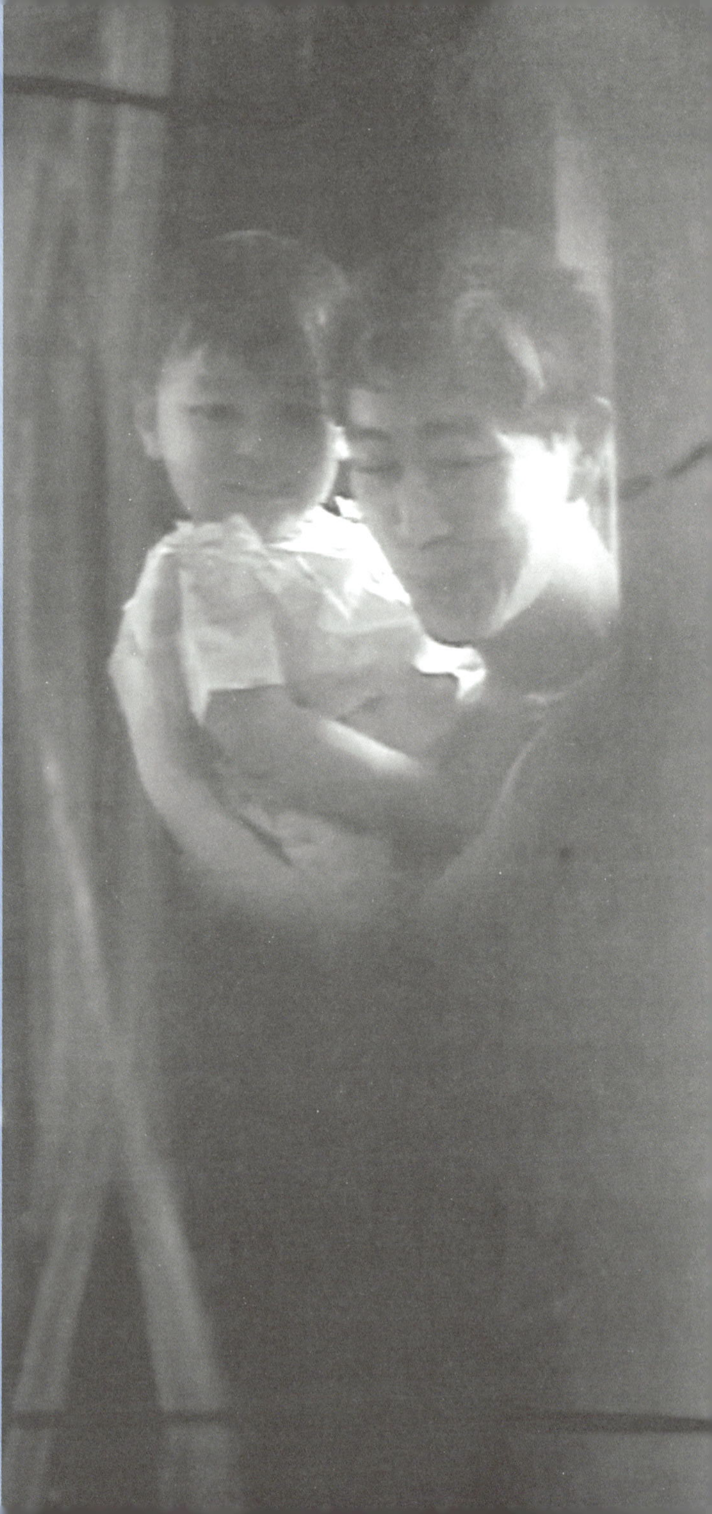

伍淑贤于20世纪90年代初在《素叶文学》发表了三篇以《父亲》为题的小说，作品多次被收入不同的小说选中。香港电台电视部2000年制作的短片电影“写意空间”系列，其中一辑“父亲”即改编自伍淑贤的同名作品。

伍淑贤在讲座中阐述了《父亲》的思考与创作过程，并以作者的眼光比对文字与影像改编间的种种落差。是次讲座邀得香港中文大学翻译研究中心主任孔慧怡博士介绍讲者，谨此鸣谢。

孔：孔慧怡
伍：伍淑贤
问：同学提问

2002 年 2 月 25 日
14:30—16:00

孔：我十分欣赏伍淑贤的作品，我编辑香港文学小说集时也收录了她的作品[2]，我想这就是卢老师今天邀请我来介绍伍淑贤的原因。我无法推辞这工作，而且还很感谢卢老师给我这机会，跟合作过却从未碰面的伍淑贤见面——这是香港写作界中常见的情况，就如我虽然翻译过很多西西的作品，却甚少与她见面，即使电话也不多谈。编者与作者之间必须有强烈的互相信任才可以合作。这次很感谢卢老师，让我有机会向伍淑贤表达我对她的欣赏。除了作为读者，我十分欣赏她的作品外，又因我是一个尝试创作的人，更特别佩服她对创作的坚持。香港很少作家能全职写作，他们只能像挤牙膏般挤一点时间创作。伍淑贤身在商界却能够保持强烈的创作欲和能力，这是相当困难的，而且伍淑贤的作品非常踏实、不花巧，平实地说出一些值得大家纪念的人和事，这在今天讲求卖弄花巧的年代，尤其难得。

今天请得伍淑贤现身说法，分享她对文字创作转化为影像的看法和经验，这实在是大家的福气，希望大家不要错过机会，多向伍淑贤请教。

现在请伍淑贤小姐开始演讲。

---

1 孔慧怡博士为香港中文大学翻译研究中心主任及编辑。

2 Virginia NG Suk Yin, “Father” ,translated by Duncan Hewitt, Hong Kong Stories: Old Themes New Voices, edited by Eva Hung, Hong Kong: The Research Centre for Translation, The Chinese University of Hong Kong.

伍：谢谢！大家好！刚才 Eva（按：即孔慧怡小姐）提到我是作家，实在不敢当，因为我的作品实在太少了。因为要出席今天的讲座，这几天特别重看《父亲》三篇文章[3]，赫然“发现”创作《父亲》的时候是 1993 年，距今已经差不多十年了，很惭愧这十年来没有写下什么重要作品。今天很荣幸来到这里跟大家分享，我虽已准备了一些内容，但知道大家都已经看过我的作品，也有过一些讨论，与其由我滔滔不绝地讲半小时，不如让我们先由问题开始，再进入话题吧！大家有什么问题，例如写作过程、文字与影像之间的关系等，可以先提出来。

3 伍淑贤：《父亲》之一，《素叶文学》，1992 年 11 月，第 39 期（复刊第 14 期），第 2—4 页；伍淑贤：《父亲》之二，《素叶文学》，1993 年 2 月，第 42 期（复刊第 17 期），第 12—15 页；伍淑贤：《父亲》之三，《素叶文学》，1993 年 4 月，第 44 期（复刊第 19 期），第 14—16 页；香港电台电视部 2000 年制作的“写意空间”，其中一辑即为“父亲”，由郑惠芳监制，冯家键编导，主要演员包括林尚武、刘锡贤、姚月明、赵月明、黄美棋等。

时间运用

问：我们读了《父亲》，发觉文本中不断出现时间标记，请问这是不是刻意的安排？我们印象最深的场景是从家里到茶餐厅的一段路，当中提到“路边的垃圾箱晒了十几小时”，我们觉得这是刻意突出时间，借此交代背景。但作品转成影像后，也许因为拍摄手法的关系，这特点在影像中便没有出现。作品中的“时间运用”是不是经过刻意安排？

伍：“时间运用”的意思是指一天中有很多不同的时点？

问：是的，例如10点去找台搭子、10点半搓麻将等，都运用了很多时间标记。

伍：时间的标记是为了叙事方便，因为故事本身的情节较单薄……先不谈影像，只谈文字的部分。我在写这个故事之前，想到若要交代人物关系便必须先有事件，否则无从说起。最重要的应该是星期五，即台风前夕至星期六的一段，讲父亲上午上班，下午做“外围马”[4]账目工作。这两天在叙事上来说，时间的交代很重要，让读者

4 外围马是以香港开出的“六合彩”为准而进行的一种赌博游戏——编者注

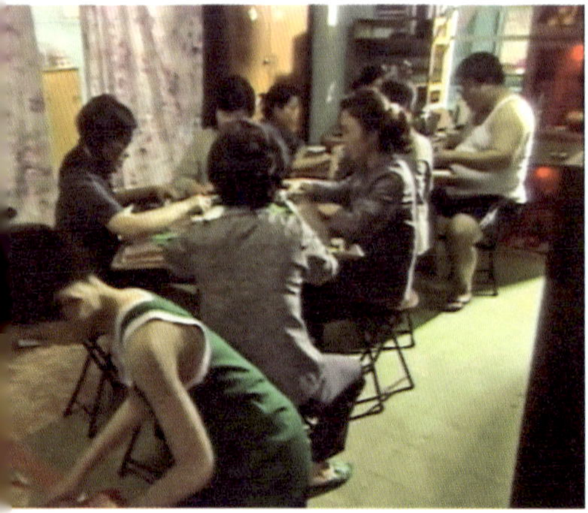

知道人物在做什么，所以你说得对，而且观察得很好，作品在时间交代方面是颇为细致的。

至于你提到垃圾桶的那一节，其实“时间”并不很重要，我倒觉得冒烟那image（影像）有趣。这里带出了另外一点——我也是十年后重看才发现这许多细节。我在写这故事的时候，一边写一边心情很兴奋，不是因为人物而兴奋，而是因为在写作时想起一些很detailed（细微）的image，这些都是我在童年生活中见过的，所以写作的时候非常快乐，就像掘出以前的宝藏一样，很久不见，很多东西都想放进故事里。但现在从读者的角度看来，作品中的细节可能太多了，太多意象，如果我是普通读者便可能吃不消。当然写的时候很高兴，只管将所有东西都塞进故事里。

社会转变很快，想写下一点东西

我昨晚也想过怎样跟你们谈这问题。记得我给卢老师的题目是"从影像到文字"，我于是反省自己在创作这篇小说或其他故事时的思考过程。以《父亲》作为例子，我为何会想到这题目呢？十年前的某天，我突然想到社会转变很快，我们成长时的那种感觉和情调在90年代初几乎已经荡然无存了。这可能因为我已经离开了那社会阶层，不再住在屋邨了，但我也相信现在的屋邨不会再有以前那种人际关系。香港发展这样快速，如果我有能力，我也希望留下一些回忆，因为我将来老了便可能忘记。记得当时的美国总统里根患上帕金森症，令我觉得很可怕，总统的人生中经历过许多轰轰烈烈的事，但大部分却忘记了，甚至连自己的太太也不认得。这给我很大的动力想写下一些东西，是我的创作动机。

另一个动机是，我很挂念父亲。我的父母很早逝世，我跟母亲的关系较疏离，但跟父亲很close（亲密）。我父亲的故事其实很平凡，像很多人一样，普通的白领、文员。以前那辈人普遍有很多儿女，他便要养大他们，人生的所谓prime（黄金时间），最美好的几十年都消磨于养儿育女之中。当时我觉得欠了父亲很多，想写一点东西。

水果要等到成熟的时候采摘才有意思

有这样的想法以后便开始构思写些什么，开始搜集一些画面或images，这是最快乐的stage（阶段）。这是我自己的方法，不知道其他作家怎样。那几天脑海中不停浮现出很多画面，现在回想起来，最初触动我下笔的画面是在露台看到一片红天的黄昏景象。以前我们住在屋邨，每家也有露台，环境也不错呢！外面是很大的一片天，因为翌日刮台风，天空便一片通红。这景象几十年来我都没有忘记，我就以此作一个开始的image。许多画面都不是想好了才写进去的，而是一边写一边跑出来的。像刚才同学提到的垃圾桶一幕，可能不是我小时候想到或看过的，而是长大以后，在这几十年中发生的事somehow（不经不觉）到了一个point（时刻），觉得这是一个很适合的picture（画面），便放进去。

搜集画面完毕便开始考虑叙事观点，即是由谁的眼睛去看这个故事，相信这是很多写作人最难过的一关。大家写作或是拍电影、拍录像的时候，都会考虑从谁的视点出发。如果将《父亲》这个故事交给大家重写，每个人都会选择不同的观点，可以选现在故事中的小孩子，或者选小贞、自己的父亲或是别人的父亲，等等。我的感觉是第一人称很难写，即如果我要写父亲便得从父亲的角度来写，这是我

没办法胜任的，困难太大了，所以我通常都会放弃这个approach（方法）。我喜欢选择一些处于边缘的人物的观点，即一些隔了一层、旁观的人，从他们的观点出发，这对我而言较容易处理。太接近中心的时候很难冷静。如果我用了小贞或小贞母亲的观点，距离便太近，不够distance（距离）处理许多东西，于是我选择了住在小贞对面的family（家庭）的一个孩子去说这个故事，这样我便有足够的距离和层次处理问题。再者，我觉得用小孩子的眼光去看，我的treatment（处理）也较容易。我喜欢一些heavy（沉重）的subject matter（题材），但很怕用heavy的tone（调子）去说。即使写一个很伤感、很沉重的故事，也不一定要用伤感、沉重的笔调。我喜欢用相反的方法，当我写一个伤感、沉重的故事时，我会用比较轻松、有趣甚至惹笑的方法处理，这样的组合有更大的空间可以发挥。

然后我便开始铺排人物，例如构思“我”是主角对面家庭的儿子，“我”家里有什么人，而“我”对面的家庭，即主角家里又有什么人，他们之间的组合是怎样的，等等。一切准备就绪之后，就找一天静静地坐下来，写出整个故事。现在我也想不起是先写哪一篇了，好像是先写到工展会那篇的（按：即第一篇），不知道大家有没

有看过？我觉得那一篇是很好玩的，因为它的结局很有趣，倒是关于搓麻将这一篇（按：即第三篇）……哦，我忘了说一件事，就是我从小就很fascinated by（着迷于）屋邨打牌这一个现象。不知道大家有没有这种经验，我们小时候居住的环境大多是很嘈吵的，麻将声是当时很dominate（霸道）的noise（噪声）。如果大家有机会看外国一些描述童年的电影，便会发现这些电影中必定有某些特别的感觉，而属于香港的感觉是很嘈吵的，就像那些麻将声。这很有趣，我觉得这是不可放弃的元素。我会搓麻将但并不擅长，但这实在是一个很好的unified theme（普遍主题）。大家写作如果遇到无法组合的事物，可以尝试找一根线去串连不同的珠子。搓麻将既有画面又有声音，每一次都是四个人走在一起，就是这样的一根线，非常方便叙事。加上当时我是很喜欢阿城的，他是《孩子王》的作者，现在已到了意大利。他的《棋王》提到下棋，他说自己其实是不会下棋的，所以一谈及下棋的具体情况就写不下去，但重要的point是下棋这件事能够提供一个很好的situation（处境）安插人物，我觉得这些都是写作上非常好用的tools（工具）。

实际上写的过程很快，大概知道了整个strategy（策略）是怎样

发展的时候，all you have to do（你需要做的）就是坐下来将故事写出来。整个过程就是这么完成，其实也只是几天之间的事，当然那几天是什么也做不成的，上班的时候脑袋也只想着这件事。我想写短篇的好处就是不需要长年累月不停地写，我不会写长篇，因为我觉得长篇或中篇对个人感情的drain（消耗）是很大的，可能三个月里都要live with（共处）这件事，写短篇则大约只需十天就可以完成。同时，你必须处于一个适合的感情状态才能写，例如处于“文革”时期便不能写“文革”题材，这是一定写不成的，因为处于当下的人会有很大的偏见，感情也太激动。将来大家如果要写爱情小说的话，就最好在失恋之后才写，不要在谈恋爱时写，因为当时你根本不知道自己在做什么，必须有距离才可以处理。还有就是需要对那个subject matter开始觉得轻松、能放下时才写，例如我写父亲时可以很轻松，但如果早一点的时候，每次说起他我便会很激动，那时候的我是无法写的。这就像水果要等到成熟的时候采摘才有意思，否则只会浪费了那题材。基本上我的写作过程就是这样了。

没有真实的人物，但人物的某些特质是真实的

问：刚才听伍小姐的一番话，说文章里加插了很多童年经历和一些亲身感受，另一方面也提到组织这篇文章时花了很多心思和技巧，例如怎样串连事物或怎样考虑叙事角度等。最初我看这篇文章时，以为屋邨里的所有经历都是伍女士的亲身经验，但刚才听完你的话又好像不是。我很有兴趣知道文章里哪一段是你特别难忘的亲身经历？你小时候真的曾经有一位很像缪先生的邻居？

伍：真正的人物是没有的，但故事里人物的某些特质是真实的，例如我父亲真的有严重哮喘，上楼梯时很辛苦，这是真的，不过他整个人不是这样。另外有很多segments（片段）都是真的，例如我真的很喜欢看《老夫子》等等。小说某种程度上写的是我当年的生活，但我不像左派作家般要从反映现实的角度出发，我只是想要记录一些感情，并且在一个自己熟悉的环境中去表达而已。所以大家不要以为我是左派作家，要反映低下层社会的生活，完全不是那么一回事，我对这种生活也没什么兴趣，反而希望多写点关于中产阶级的东西。大家将来也不一定要写屋邨题材，我就从来没想过写屋邨的故事，只是觉得那一种感情很值得留下来。话说回来，故事发生的地点也可以在太古城或山顶，不过故事内容便会截然不同了，所以大家不要被表面的东西局限了自己的创作。

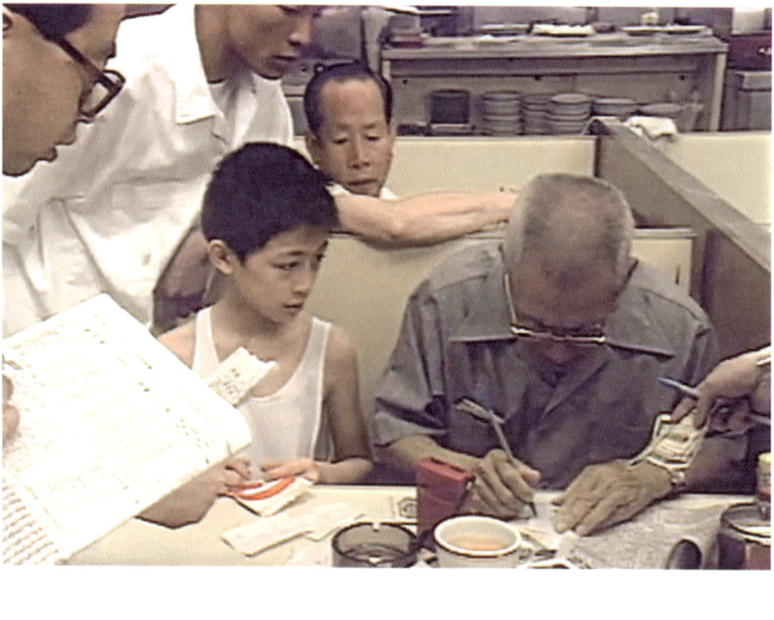

从文字到影像
再回到文字

问：请问这篇文章改编成影像的时候，你有没有提供意见呢？还是完全交给负责影像的人去处理？

伍：编导是Brian，我忘记了他的中文名字，拍摄之前他跟我谈过一下，问的大都是你们提出的问题，例如这处想表达什么、为什么这样写、人物性格怎样等等，之后便没有再谈了。我觉得作者很难影响影像工作者，很多情况是无法拍出来的，譬如内心感觉。两者是完全不同的媒体，我觉得这样不干预比较好。

问：影片中缪先生哮喘发作的那一幕令我印象深刻，里面很详细地描述了缪先生患哮喘的情况，那应是取自《父亲》之一的片段……

伍：对呀，我也是昨晚重看时才发觉的。

问：但整出影片的拍摄底本是《父亲》之三的故事啊，编导为什么刻意加插这一段呢？是不是你提供的意见？

伍：这点他没有问我的意见，但我觉得他这样处理也不错。文本《父亲》写搓麻将的一篇（按：即第三篇）很少提到父亲，但影片仍能够拍出父亲的种种，这已经很了不起了。昨晚我重看录影带，觉

得将文字改编成影像真的是一件很困难的工作，我作为作者，会有先入为主的观念，所以更加难作评论。我也尽量尝试以普通观众的角度去看这故事，如果要我以普通观众的身份去看这个video（影片），base on（基于）它重写一遍，那便会写出一个完全不同的故事。因为我觉得video里最有趣的是那段孩子间的感情，那个男孩子好像喜欢小贞，我可能会写一个爱情故事出来也说不定。反而父亲的部分现在看似乎愈来愈远，我甚至可能会放弃这人物，因为video里面这个人物不大有趣，最有趣是叙事者与小贞之间一段若有若无的感情。如果这样写就会像台湾的《童年往事》了，就是侯孝贤那一类，这跟我想portray（描写）一个很热闹的环境里一些很落寞的人的原意非常不同。从一个媒体lead（引导）到另一个媒体再回到这一个媒体，已经不是同一回事了，不像传球，你传给我，然后我传给你，事实是根本没有球的存在，而是media（媒体）制作了完全不一样的东西出来。这蛮有趣的，我也很乐意去写这个题材。

每一个群体都会出现这两类人或这两种存在状态

问：你对这两个家庭有什么看法呢？我对小康爸爸与缪先生两个家庭有这样的理解，虽然我想那很可能是错的，但还是想向你请教一下。我尝试从《老夫子》一段切入，里面说“我”特别喜欢看《老夫子》的《水虎传》连载漫画，我觉得这隐含了“逼上梁山”的意思。即，小康爸爸在家里开麻将馆、缪先生做外围马数和搓麻将，都是为生活所逼。我是否理解错了？

伍：也不可以说是对是错，你可以有自己的演绎，我倒没有想过“逼上梁山”这一点，虽然《水虎传》的确很惹笑。至于两家人的关系，我写的时候也没有特别细想，只是觉得这样写很方便。因为像屋邨是open community（开放的社区），自然有两种不同的人出现。一种是很开朗的人，就像小康的爸爸，充满生命力，经常嘻嘻哈哈，搓麻将唱卡拉OK，很吵的。这些人的儿女都比较开朗，一般都很胖或者是大块头，种的植物也特别漂亮，不知何故。另一种人就是缪先生这一类，生命力好像比较弱，很瘦小，性格较悲观，也容易生病，儿女通常也会像他们一样，也是不知何故。我觉得在每一个群体中都会出现这两类人或是这两种存在状态。我很想写出像小康一家那种很jolly（愉快）、经常都很快乐、很有生命力的感觉。大家再看影片时，

会发现里面加了一些文章里没有的东西，例如剧中那个胖子，即小康的爸爸，他在剧中对缪先生是很好的。这在我的小说里没有提到，相信这是改编者的自我演绎，也是一种不错的笔调。

至于你刚才提到被生活“逼上梁山”，我从来没想过。小康一家人也未必fulltime（全职）开麻将馆，他们本身也有工作，只是in the way（在这范畴内）他们喜欢当一个leader（领袖）的角色，让大家都来到他们家一起享受愉快的生活，这也是他们领导才能的表现，不过是用搓麻将的方式表达罢了。

小说版本与影像版本的比较

问：请问你在影像与小说之间，有没有一些东西你在小说里很想带出，但影片却没有表达出来？另一方面，影片又有没有说了一些你本来没有想到的东西？此外，还想请问你比较喜欢小说版本还是影像版本？

伍：我想影片与我所想象的最大分别是声音的处理，影像太静了，不够嘈吵。我本来希望像周星驰电影一般，从头到尾都是吵个不停的，这样感觉比较热闹一点。但吵之中必须有一些比较宁静、抒情的时刻，例如描述那片橙色的天空一段，或是有一幕说小康半夜醒来，瞥见对面屋缪先生抱着小女儿一段。影像出来的感觉跟原著有点不一样，我希望这类宁静的画面可以elaborate（阐述）多一点或是长一点。

影像中也有一些我没有想到的东西，就是前半部的一段，可能是因为影像要交代屋邨的背景，所以营造了很多屋邨的images出来，例如孩子在足球场上踢球之类，都是我没有在小说中提及的，我也明白那是影像铺排上的必要。

至于说到比较喜欢哪一个版本，我也答不上。我重看自己的作品时，觉得有好些地方是颇惹笑的，如果现在重写可能会写得详细一点。原来的版本节奏太急了，images太密集，读者看起来可能会觉

得比较辛苦，自己觉得有趣，但别人却未必有同感。如果再写一次的话，我想可以拉松一些，把故事写长一点，某些情节多点描述，效果会更好。

问：小说的题目本来是写父亲的，其中描写较多的是康仔爸爸与缪先生。我和几位同学觉得影像中的父亲形象好像比较突出，例如加入了父亲哮喘一段，很能显示缪先生希望自力更生、不想麻烦别人等性格特征。又或者是康仔爸爸在影片中是一个大胖子，比较吸引我们注意，所以觉得在影像中父亲的形象比较突出。至于描写感情、体会方面，例如说缪先生生活艰苦，我们却觉得文字的表现比较强烈。伍小姐有没有同感呢？

伍：我很同意，你说得很对。我很喜欢影片选的……那位演员的名字好像是林尚武？我本来就已经很喜欢这位演员，很高兴由他担任主角，但我觉得胖子的角色可以另选，但这也不重要。影片中的ending（结局）倒是可以斟酌，他们已经很努力地在拍，但要描述结局一家人吃饭那种场面的话，始终是文字的力量大一点，即在脑中画一个image比在影片中以画面交代要容易。我也不知道怎么解释，可

能文字在我们脑细胞内有这样一种力量，而那是image做不到的。

我作为一个作者，一定有点偏见，所以有时我不太愿意看改编，例如《半生缘》吧，我们看过《半生缘》的文字已经许多次，再看那电影便很不能适应，脑中也不知道该怎样演绎那故事，电影看完也不知道是好还是不好了。因为当时脑里看的并不是电影，而是不停地在比较，这一段文字这样写，它会怎么拍呢？那么你并不是在看电影，而是在做一个study（研究），这样很没意思。这在观赏方面是很大的问题，大家不妨讨论一下。

旁观者的叙事观点

问：刚才你说刻意选择旁观者的叙事角度，因为用第一人称写作较困难，那实际的困难是什么呢？

伍：实际上的困难就是，如果你就是那主角的话，可以写的东西其实很少。怎么说呢？自己是很主观的，所以由旁人作为叙事角度的包容性比较大，可以包容的事情多一点，而且也可以写得更冷静。我个人是如此认为，但这当然不是放诸四海皆准的，也有些情况主观视角是比较好的，有什么例子呢……我倒没有怎么写过第一人称的故事，我想这是我个人的习惯和喜好吧，不是universal truth（普遍的情况）。你看阿城《棋王》中的《孩子王》就用了主观视角，他写自己就是那老师；《棋王》却很明显不是主观叙述，而是退了出来，叙事角度是那个人的朋友，是一个很close的朋友；还有《树王》，我忘记了是不是……也不是主观叙述，当中树王才是主角，叙述者是旁人。我想比较少的作品是以第一人称叙述吧？一般来说，旁观者的叙事角度在技巧上比较容易handle（处理），可以让作者跳出来，不过这也视乎题材而定。你有没有写作？是写作时遇过类似的问题？还是为了做功课而问呢？

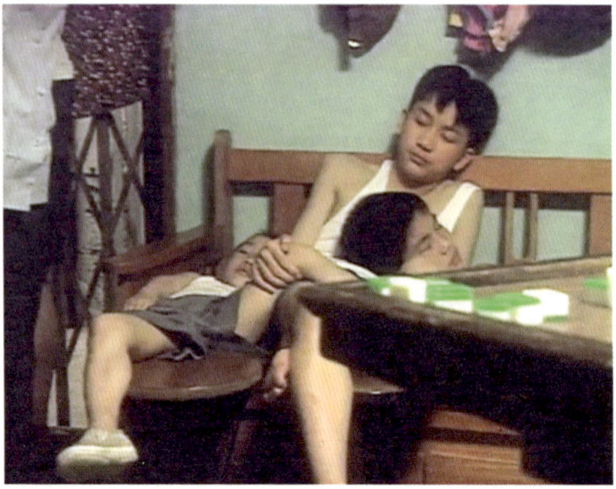

问：我也有写作，我觉得文章中如果经常出现“我”，就好像在写一些很个人的事，也许就是你所说的会很主观，所以想知道有没有一些办法或技巧，即使用“我”或第一人称也可以写同样的事。

伍：这当然可以，但写出来的会是另一个故事。

"父亲"系列的构想

问：你总共写了三篇《父亲》，请问为什么会写三篇呢？是因为写完第一篇后觉得有些话没有说完，所以继续写第二篇、第三篇？还是你找到其他很想写的生活片段，但又找不到一个聚焦点，于是以上次写的《父亲》为本，以父亲去match（配合）其他事，因此发展出第二篇、第三篇？

其实我并没有读完三篇《父亲》，只读了这次主要讨论的第三篇，还有写小贞随父亲回乡的一篇（按：指第二篇）。我比较喜欢后者，因为那篇的想象空间很宽阔，譬如说小贞偷听她爸爸与以前妻子所生的儿子谈话，他们说的是乡下话，偷听了但猜不到他们在说什么，我觉得这很有趣。不过，我觉得这篇故事人物太多，反而将读者的注意力分散在了其他人身上，譬如那位哥哥，读者的注意力很容易便转到他而不是父亲身上……就是因为这样，所以我很想知道接续写三篇的原因。

伍：我本来是想写一个series（系列）的，一直这样写下去，可惜后劲不继，写了三篇便停了。原本的构想是不错的，因为我不是写长篇的人才，没有能力写很长的故事，于是我用同一个theme（主题）不停地写围绕父亲发生的事。这对我个人来说是很有满足感的，很

多东西都能够说出来，而且这不需要重新构思一个platform（平台），可以说是很经济的做法，哈哈！写已有的事便不需要重新构思，但如果写《母亲》，那便得重新构思了，很不划算。当时觉得这是不错的方法，可以一直写下去，可是写了三篇之后，因为工作很忙，要不停穿梭各地，所以便停了下来一阵子，后来便pick up（收拾）不回那种心情去写了，但最初的动机是想当一个series写下去的。

至于你说的想象空间与人物众多的问题，你说的也是事实。写作的过程中可能有某些事物吸引了你去写其他东西，所以出现了轻重的问题。我觉得写父亲也不一定要每篇都以父亲为主角，可以像一条线般延续下去，由父亲这角色牵引出不同的故事。

我想你们这一辈的父母已经多数实行一夫一妻制了，但是在我的年代，我爸爸有三位太太，这是fact（事实）。因为战时许多女人在生小孩时死去，于是男人便再娶。我也是到长大后才知道爸爸原来有很多儿女的。在爸爸的葬礼上，长辈们说：“如果你父亲的子女都在的话，不知有多大了。”我不知道他的子女有多少，也不知道他们去哪里了，可能坐在我旁边的那个正是呢！这是完全有可能的事，粤语片的情节可是真的。我觉得有趣的是，父母与你那么close，你的生命由他们而来，但他们有三分之二的人生是我完全不知道的。这情形我想你们这辈是不能想象的，因为你们的父母生下你们时可能只有二十多岁，你们长大了，他们也可能只有四十多岁。像我现在这般年纪已经可以生下你们了，你们的parents（父母）是很young（年轻）的人；但我在家中是排行最小的，我出生时父母已经年老，所以距离很远。我现在已经到了父母生下我时的年纪，我开始明白中年人的那种心态，但我对从前的他们却一无所知，我唯一能够掌握的就是文字，所以希望用文字去explore（探索）对他们的感觉，这也是写《父亲》的其中一个动机。

写作其实是很直接的

问：伍小姐，请问你如何在工作中抽空写作？

伍：我这几年已经没有写作了，但我觉得时间不够永远不是借口，如果你喜欢做一件事，怎样也能安排时间去做，譬如你喜欢打球便总会有时间打球。我的做法是先想好一个idea（意念），即你有一个题材想写，也觉得这题材可以写——有很多idea虽然想写但却是不可行的，有一些则可以。然后便腾一个weekend（周末）来写，几天已经足够了，不需要长年累月地坐在那儿写。当然那必须是你精神好的日子，例如星期六、日，酝酿功夫也要在之前做好，坐下来时已经知道自己要写什么。写的过程其实很快，但思考过程需要大约八至十天。这不是一件很神秘的事，其实是很straight forward（直接）的，就像坐下来做功课一样。

问：你一般每次写几个小时？

伍：很难说呢！我想大约两晚吧！没有什么规律的，有时候写到中途发觉写得不好便丢了它。如果之前构思的准备功夫好，一般都能写完。其实我写得并不多，不太够资格去说这些。

文学或创作性作品的吸引之处在于它们能给你不同的观点

问：伍小姐刚才提到，你这篇文章的叙述者是康仔，因为康仔与主角缪先生有一段距离，你希望用比较淡的感情或表达手法去描写缪先生的艰苦生活，这点我和几位同学读文章时也感受到了。你用康仔的眼睛去看缪先生，例如看见他早出晚归，晚上回来后和小女儿玩耍……如果你有些感情想表达，例如对缪先生的艰苦生活表达同情，便也得从小孩子的想法出发。例如看见缪先生工作到很晚，就会说："他不需要睡觉吗？"而不是说："他这么辛苦，真可怜！"这就是你所说的保持距离和较轻松的笔调？

伍：是的，你说得很对，完全掌握了我的用意。我想文学或是创作性作品的吸引之处在于它们能给你不同的观点。现在大家看mass media（大众传媒），所有反应都是stereotype（单一化的），如凡女人的尸体就是艳尸等，是已经定型的。其实这对大家是不好的，时间久了，你们的脑袋便不灵活，想不到一件事原来可以有十种不同的反应。文学或创作有趣的地方就是，不论作者或读者都可以从中得到惊喜，这对你们的mind active（头脑思考）和creative（创造性）很重要，将来大家不论从事什么工作也需要creative，即使会计工作亦然，因为你需要想不同的solutions（解决方法）。

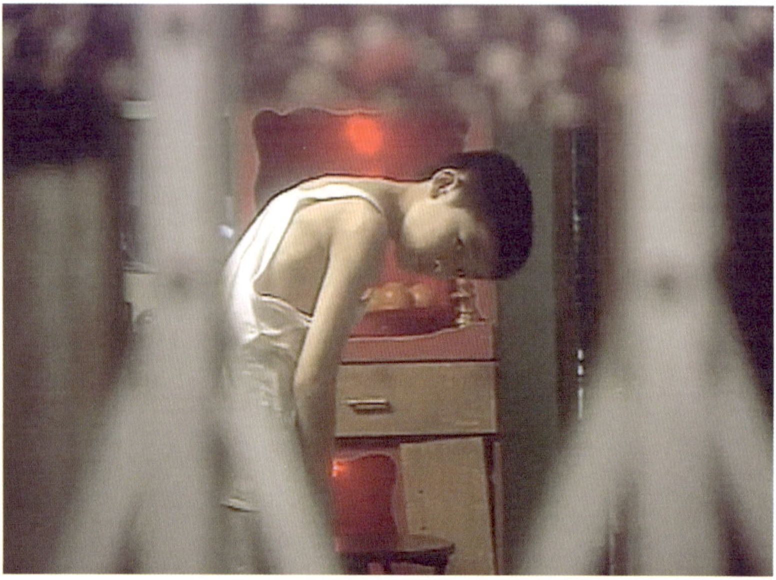

就我这篇文章来说，“父亲”这题材很容易令人感到沉闷，可能你们看见这两个字已经不想读下去，以为说的不外乎那些内容，但里面其实有很多元素是你们原本没想到的。例如缪先生这种悲惨的家庭令人不太想看下去，但是于悲惨当中却有一些……我觉得第一篇的结局是挺有趣的，缪先生有点狡猾，利用自己的病得到那照片，但其实那是人之常情。我想这样的结局比不断说他可怜好，光说他很可怜又有什么意思呢？这算是我自娱的方法，也不错的。

问：伍小姐你刚刚说过，读者可能看到“父亲”这个题目已经觉得沉闷，那么你为什么会以“父亲”为题目呢？有没有考虑过用一些比较有趣或是能够吸引读者的题目？

伍：这就是创作跟做生意不同的地方了，做生意是市场主导的，如果顾客说写“庙街”好看，你就得写“庙街”，但我写作不是为了写给别人看，而是为了写下一个记录，一个感情上的记录。沉闷与否对我来说没关系，因为我不是为了给consumer（消费者）读，我只是想写一些自己觉得美好的东西。我也考虑过可不可以用一些较花巧的题目，但又觉得没有这个需要。就这样，“父亲”这题目也不错啊！

很generic（普遍），每个人对这题目都会有感觉，于是便决定用“父亲”。我也挺有兴趣写“母亲”的series，我想会很有趣，不过现在还在构思。“父亲”这个题目我觉得ok，不过如果放在某些报章上当然会觉得它沉闷了，因为那是一种商业工具。还有一些题外话，我想有些东西不应该因为它“大路”[5]而不用，“大路”也不一定不好，这就是我刚说过的creative thinking（创造性思考）的问题，应该把自己从一些既定模式中抽身出来。

5 港式用语，即“一般”“极普通”的意思。

作者只需要写你想写的

问：我有一个问题，文章最末，缪先生一家在茶餐厅吃饭一幕提到小贞有哥哥和姐姐，也就是说，小贞家里应该有四个小朋友是不是?

伍：是的，可以这么说。

问：但是影片里好像只有两姊妹，这改动对故事发展有没有影响？那是不是有意的改动呢？

伍：嗯，如果从较现实的角度来看，影响是有的，两个孩子的家庭负担当然比较轻，不过从故事发展方面来看，我觉得影响不大，因为里面没有怎么提到哥哥、姐姐。

问：伍小姐，我有一个问题，那是我们作为读者很多时候都面对的问题，就是对作者动机的猜想和误读。作为作者，你怎样看待读者误读了你的作品、掌握不了你想说的意思这种情况呢？以《父亲》为例，你写了一些自己对屋邨的回忆或童年的往事，有一些读者没有经历过那种生活，不清楚其中的状况，因而误读了你想表达的意念，你作为作者怎样处理这些问题？

伍：我觉得不需要处理，这问题永远都存在，即使写太古城典

型中产阶级的生活，读者也不一定经历过，二十年之后太古城可能已经消失，中产阶级的生活也不同了，这是必然会发生的问题。作者只需要写你想写的，做到 to the best of your ability（尽力做到最好）就可以了，至于别人怎么解读，那是控制不了的。就如看外国电影，特别是阿根廷、南美的电影，那是一种全新的文化体系，我们完全不知道他们为什么会那样生活；但反过来说，陌生的眼睛看他们的生活自有新的发现，那是阿根廷人完全意想不到的，这就是 cross culture（文化交杂）美丽的地方。如果只读只写一些熟悉的生活是很没意思的，你们也应该多看一些不认识的事物，愈不懂愈要看。

“掌握得到”

问：伍小姐，你刚刚说过写作的时候会考虑那题材是不是掌握得到，我想请问那“掌握得到”的意思是什么呢？掌握到什么程度才令你决定写还是不写那题材？

伍：这是一个非常有趣的问题。是不是掌握得到其实自己是知道的，只是作者很多时候都会说谎，以为自己掌握得到。所谓掌握得到其实就是说你很confident（有信心），用国语说就是“抓得住”你想说的事，你完全有信心。这并不表示你不可以写一些没有经历过或不熟悉的事，当然写熟悉的事物会令你信心较大。应该怎样说呢？掌握得到就是说……倒过来说，我作为读者，一个普通的reader（读者），我觉得很多作品之所以不成功，是因为作者对自己的作品不诚实，即他的构思在写作的过程中已发现不可行，但仍然勉强写下去，可能是为了交差或其他原因。读者是很聪明的，他们一看就知道你在写作过程中comfortable（舒畅）或不confident。我不知道怎么解释，这是一种感觉，就等于你们打球、戏剧比赛等，练习不足就出场必定会输，彩排不足而勉强去演，虽然做到，但结果是观众没有反应或不太会拍掌。你会感觉到那件事真的不行，我不知道该怎么说，很多事其实你是知道的。

问：那么我想继续追问，你说的那感觉是在已经下笔，甚至已经写到某部分才会发现的吗?

伍：你自己会看到或feel（感觉）到的，有时候写了一半便停笔，甚至干脆丢掉它，那是因为感觉到那题目完全不行，那便丢到垃圾桶里。这可能是因为在构思过程中已经知道有一些东西不行，不viable（可行），你会觉得就是自己也说服不了自己，对自己也没有说服力。很简单，当你看自己的作品时，如果自己也觉得不好看的话，别人自然一定觉得不好看；就是自己觉得好看，别人也不一定觉得好看，但如果自己也觉得不好看，那么别人一定也会觉得不好看，做功课也是这样吧。

富爸爸、穷爸爸

问：我记得你刚才提到不喜欢剧中的胖子，我和同学都讨论过那胖子形象的设置，觉得那是深化了“父亲”的形象……

伍：我想那是故意的。

问：就是以胖和瘦、健康和病作对比，但你似乎认为影片这样的安排是扭曲了你的原意，你认为中间的落差是什么呢？我们也热烈讨论过“家”的设置，同学大都认为影片是用康仔一家跟缪先生一家作对比。一边较富裕，但“家”的味道较淡；另外一边虽然较为清苦，但相对地“家”的味道却比较浓厚。你写作的时候有没有考虑以“家庭”作为叙述单位，抑或是以个体的“父亲”作为聚焦对象？

伍：我只是不太喜欢演胖子的演员，这样说对他不太公平，这只是我的主观想法。我认为“对比”这思路是正确的，但他们可以选一个比较正常的演员，只要健康就可以。其实林尚武也很健康，而且他一点也不瘦。我只是觉得胖子演员的演出夸张了点，可以选一个比较normal（正常）的。

至于有关“家庭”与“父亲”的问题，我真的没有想过这个问

 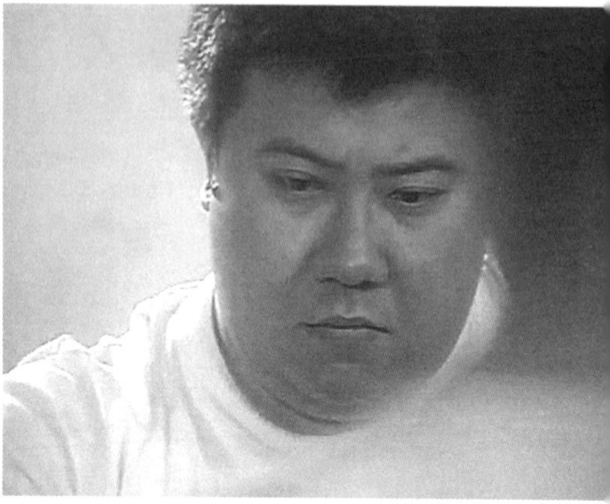

题呢！嗯，两种考虑都有吧。可以这么说，父母对整个家庭的气氛影响很大，如果父母终日愁眉苦脸，子女也不会快乐。胖子的家庭有一个好处，虽然他们好像很粗鄙，常常在赌钱，但他们是很快乐的家庭。最近有一本英文书叫*Rich Dad, Poor Dad*，中文名是《富爸爸，穷爸爸》，其实很像刚才说的那种情况。《父亲》中的两个families（家庭）将来可能会走上“富爸爸、穷爸爸”的路。虽然胖子的家庭很世俗，但可能他们很懂得financial management（理财），所以生活得很好。我觉得这情况挺有趣，有些想法跟其他东西不谋而合，不过处理手法非常不同。我想无须界定以“家庭”还是以“父亲”作为焦点，the whole point is（重点在于），因为有父亲就是有家庭，两者其实是合一的。

不纯粹的小孩子角度

问：你以一个成人的身份去写小孩子，以一个小孩子的角度叙事，你怎么控制自己的情感，以及将观点停留在小孩子的角度，适可而止呢？成人经历的事情很多，想法必定比小孩子复杂，你怎样控制自己的感情是小孩子的感情呢？

伍：我可以告诉你那是控制不了的，而且也不需要控制，因为我永远不可能再是小孩子。文学很多时候都是base on一些假象而成，你假设自己是那个视角，但实情当然不是。康仔根本不可能那样思想，他其实就是成人。这是创作的myth（奇妙），不需要因为不能真正做到那视角就以为不能写，小孩子的角度只是一种工具。我明白你的意思，所以我在语气、说话方式上尽量像一个小孩子，例如不会长篇大论地说话，只会看见一件事便记录下来，然后产生一种感觉，但随即便又跑去玩、做其他事情。这过程是跳动得很快的，小孩子的思维模式就是这样，很容易被其他事情distracted（分散注意力），注意力与集中力都不太好，这在文章中某程度上是做到了，成人很少这样看事物。百分百是小孩子的角度是不可能的，因为我根本不是小孩子，也没有这需要。

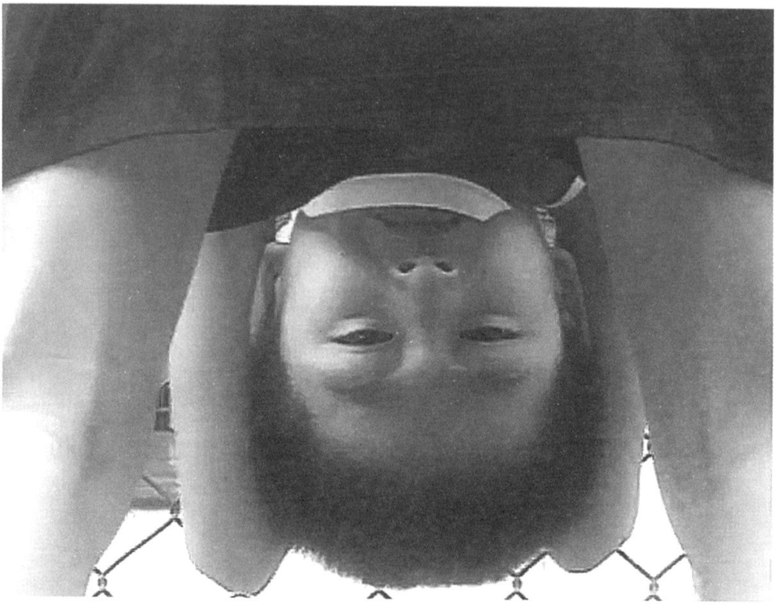

关于小说

我再谈谈写小说的问题。即使大家没有打算当作家，但我想写小说对大家来说是不错的training（训练），因为写小说可以练习观察别人。构思小说时通常会想，如果将身边的人聚在一起会发生什么事？这对你们将来工作很有帮助，你们将来成为高层，manage（管理）一群下属所面对的问题也是一样的，什么人之间会有怎样的relationship（关系）、他们一起会怎么交往、他们的关系会怎样等等。写小说有助于培养pattern recognition（形态认知），对工作也有帮助。两者当然是不同范畴的东西，写小说始终较着重感情、感觉，但两者同样是关于人的interaction（互动），这点却是不谋而合的。

小说作为一种文体，有些人认为它已经被影像取替。他们说得可能也对，因为读小说需要的时间不短，懂得appreciate（欣赏）小说的人必须先对文字有感觉，但一般现代人这方面的能力已经愈来愈低，小说便渐渐变成了一种很elite（精华）的文体。小说将来可能也会像诗一样，只有小撮人看得明白，这是没办法的事。不过文体会转变，以后可能会有新的文体出现。

写作课有机会上一上也是不错的，但写作课只能教你写作的工具或技巧，有些东西却是无法教授的，就是写作时必须先有一种感情真

正触动自己。不是说感情很澎湃的时候，而是曾经澎湃，然后那对你仍是relevant（有关）的感觉，你仍然有一种感动。如果没有这种感情就不要写了，交功课自然例外，但要是真正serious（认真）地写一篇文章，没有感情的话，就像构思了一幢高楼，可是里面却缺少了心脏，即没有一个point可以触动自己，那么文章一定写得不好。就是有感觉触动你也不一定可以写得好吧，因为别人未必feel到，这又是另外一个问题。基本上要先过了自己的一关，先有一种能触动自己而且可以支持你的构思的感情。那份触动你的感情不是在当下的，感情澎湃时写出来的文章，别人看了也不会有感觉，因为只有你感到澎湃，对他人却没什么意思。我经常说写作前要经过一段冷静期和一段提炼期，否则他日重看自己作品的时候会觉得很可笑，笑自己当初的感情怎么会那么澎湃。这只是我的感觉，也许有些人可以在感情澎湃时写出好作品，我也不太清楚。这一点很重要，即使你忘记了今天所有的话，这个point却要记住，就是必须要有一些东西触动你的感情才去写，否则不如做其他事情，时间可能会用得更productive（有效率）一点。

选自《父亲》

伍淑贤 著

1

十点多，对面缪师奶会外出买菜，小心锁好大门和铁闸。缪家很少打开门，除非天气太热，或打台风前夕，像今天，才会开门透透风。

妈不喜欢缪师奶，嫌她又干又瘦，又说好东西经过她手都寸草不生。看来也是。缪家的孩子都不大跟人玩，说话阴声细气的。他们家骑楼上养了几盆葵，瘦得像葱，灰头土脸，哪像我家骑楼繁华：又长绿叶又长花。

我却喜欢小贞，因她是我领班同学，也因她见了人总会开心地笑。我也喜欢缪先生，爱看他扁扁有点驼背的身影，喜欢他说话斯文，不像爸妈般呼呼喝喝。

缪先生有哮喘，全层楼的人都知道。小贞每天放学，都去中环接他回来。我最喜欢黄昏伏在冷巷看：小贞拖着他的手，穿过一个小小的公园慢慢走回来，好像国语课本上的插画，好看。

2

厨房不用说又热又湿滑，我也不是要上厕所，走了几步就转身

要走。奇怪的是厨房对面有扇很干净的木门，像个办公的地方。门半掩着，我偷偷看，里面真有三张木台，坐了几个颇斯文的人，埋头像在工作。其中一个竟是缪先生。他仍是一贯白恤衫灰西裤，正低头用算盘计数。

这房间肯定没冷气，又暗，只有一把面黑黑的座地电扇左摇右摇，每次转到缪先生那边，都把他的头发吹乱，桌上一叠纸都翻腾起来。

原来缪先生做外围马数，一定是找外快。

我不敢再看，出去拿了吃食，打道回去。

3

七点左右，缪师奶过来叫缪先生和女儿回去。我心算，他今天总共赢了八十块左右，扣去十块“抽水”，算不错。他拿手帕出来抹汗，说：“打风，一样热。”

爸笑着叫他有空再来玩，又叫我到楼下买面。

“打风，大排档都关啦。”我不想去。

“去荣兴买，那儿十号风球都开。”

我又去了。今日的荣兴很清静，虽是晚饭时间，只有三两桌人。没想到其中一桌是缪先生一家。

长方桌，缪师奶坐一端，喂最小的女儿吃通心粉。小贞在专心吃一碟很大很大、铺了个煎荷包蛋的饭。她的大哥和姊妹有的在吃，有的在说话，很开心的样子。她们都看不见我。

缪先生坐在桌的尽头，面前放了一碟冒烟的饭，一杯奶茶。头伏在桌上，双手垫住头，睡得发昏。

许鞍华：

改编与怀旧

——由《倾城之恋》谈起

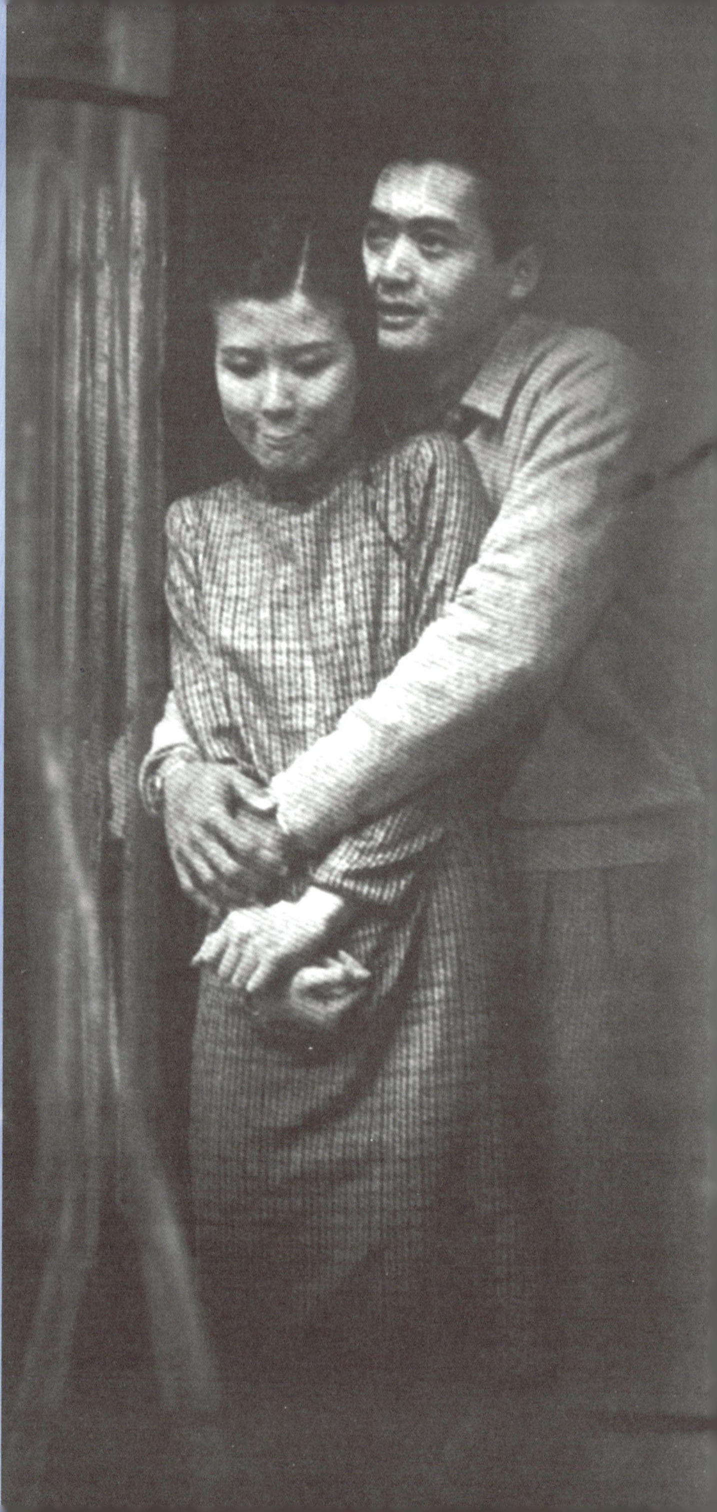

许鞍华于1984年把张爱玲以香港为背景的小说《倾城之恋》改编拍成电影，事过近二十年，许鞍华在讲座中忆述了当日改编《倾城之恋》的缘起与过程，并从《倾城之恋》谈到《阿飞正传》和《胭脂扣》的处理。许鞍华以导演的眼界，剖析改编自文学作品的电影在文本再现与赋予主观诠释间的各种考虑，带给同学更深刻的思考角度。

许：许鞍华
卢：卢玮銮（小思）
问：同学提问

2002年4月8日
14:30—16:00

卢：各位老师、各位同学，今天是“香港文学专题”课程最后一次邀请嘉宾演讲。许鞍华女士——我相信不需要多介绍了，大家不论喜欢看电影与否，总已欣赏过她的电影作品。我们的课程选读了张爱玲的《倾城之恋》，也细心反复观看过由许鞍华改编的电影《倾城之恋》，因此设计了今天的讲题，希望同学把握机会，向许女士提出问题。

改编《倾城之恋》的原因

许：各位老师、各位同学，我不懂说lecture（授课）的，以往我每次说lecture，别人总说我说得太快、没有系统，这次因为小思是我很敬佩的人，她不是我的老师，但她的作品给我许多启示，而且她是教书的，她请我来，我当然不敢不来，哈哈！还有刘殿爵教授这师祖辈人物今天也在座上出现，真叫我受宠若惊，但我会尽我所能，把所知道的告诉大家。我先提出几个主要的points（观点），about（关于）改编文学作品经验的，然后便请大家发问，大家一起讨论。我说的部分不会太长，只是提一些要点。

改编《倾城之恋》已是二十多年前的事，我曾在香港大学就《倾城之恋》作演讲，当时，我只在半年前看过那录影带，后来当我想重看时，发觉那录影带已借给了摄影师作demo（样本影带），所以我没有重看那录影来准备演讲。当年，我们是在很仓猝的情况下改编《倾城之恋》的。那时我跟“邵氏公司”（按：指“邵氏兄弟有限公司”，下同）签了合约，正要开拍一部新片，可是结果告吹了，然后才决定改拍《倾城之恋》。选择改拍《倾城之恋》，原因是我一直很希望拍张爱玲的小说，但同时也居心不良，希望尽快完成合约，然后便离开“邵氏”。我对《倾城之恋》的故事内容本就很熟悉，而且小说本身也

像电影般分成一幕一幕，只要电影公司愿意投资，找到合适的演员，场景也可以搭成，那便可以拍电影了。这种居心不良的想法自然有所报应，就是电影的成绩不理想，改编的时候也没有仔细思考改编文学作品的问题。文学作品有本身的时代背景，有些是40年代，有些是清朝的。改编时要思考的，第一是电影和文学的分别，第二是戏剧和小说的分别。这些都是牵涉很广的问题，当时我并没有很慎重地思考，只是把故事一幕一幕地“搬字过纸”，将书中的对白和场口抽出。我也对当时的编剧（按：即蓬草）不公平，因为她是我的好朋友，仓猝间请她来写，她当然也没有时间思考怎样做得更好，结果是……我想它的不好在于大部分观众看不懂。

他们的笑都不怀好意……

电影乍看是没有问题的，但其实当中潜伏着很大的问题。张爱玲这小说当年在上海很快便改成舞台剧[1]，演出非常成功。小说本身便有着许多场口，每一次男女主角见面都是一场戏。除了白流苏和范柳原第一次在舞会遇见的那场是暗场外，其他如两人再见面、成为情侣等，都是一场一场的戏，分场很清楚，对白也完备，所以改编工作很简单，只要把所有场口都抽出来便成。还有，这是一部中篇小说，长度很适合拍成电影，如果长篇便太长，短篇便需要加插许多情节才行。于是我们当时就这样，只把一场一场的场口都抽出来。那时我心里已暗感不妙，想不会这么简单、这么容易吧？总是觉得不太妥当，后来在电影院放映时发现了一个最大的问题，就是观众一直在笑。

记得当时我是跟刘教授（按：指刘殿爵教授）一起看的，我想为什么他们会笑呢？当时还满心欢喜，后来才知原来他们是笑戏中的对白太文艺腔，好像周润发（按：饰演范柳原）在码头上看见缪

1 这次《倾城之恋》话剧演出由张爱玲亲自编剧，朱端钧导演，于1944年12月16日在上海“新光大戏院”上演共八十场，主要演员有罗兰、舒适、端木兰心、陈又新、韦伟和恣踠，“大中剧艺公司”出品。（参陈子善：《说不尽的张爱玲》，台北：远景出版事业有限公司，2001年，初版，第49—53页）

骞人（按：饰演白流苏），说："你好像一个药樽似的，你就是我的药。"[2]……他们的笑都不怀好意。电影中还有许多对白现在看来都是难以接受的。我们就好像勉强把文字改成广东话，原本那些对白都是很迂回、很stylized（风格化）的，文字勉强改成广东话后，那感觉差距很大。于是观众便笑，因为感到很抽离，仿佛在看配音片，或者是看一些人在说一些不是人会说的话。怎样令观众接受这些对白？令观众同时明白其中精髓？这些问题我们之前没有解决。电影后来配了国语版在台湾放映，那便不再有此问题。台湾的观众认为很好，没有说是惹笑的、可笑的，主要就是因为配了国语版。所以这不但是形式、思想上的问题，也是一个你对观众反应的敏感度的问题，能知道观众的反应是很重要的。当时我们只是"搬字过纸"，这样无疑很忠于原著，但出来的效果却是怪怪的，虽然不至于莫名其妙或一败涂地，但肯定是不恰当的。观众的反应、他们接收语言的能力，我们没有估计在内，我认为这是很大的问题。

2 原文为："他说她的绿色玻璃雨衣像一只瓶，又注了一句：'药瓶。'她以为他在那里讽嘲她的孱弱，然而他又附耳加了一句：'你就是医我的药。'"（张爱玲：《倾城之恋》，台北：皇冠文化出版社有限公司，1999年，典藏版，初版，第219页）

最理想是先做research（资料搜集），然后在research里选取一个统一的系统

说到40年代是另一大问题，这不一定是adapt（改编）文学作品的问题，而是当你面对一个有时代背景的故事，你该如何处理？我们当时（1982年）的做法是，偷偷回上海看看。当年很少香港电影工作者到内地，他们是不能回到内地取景的，因为一旦到内地取景便会被台湾列入黑名单，不是说政治的黑名单，但也可说是政治的黑名单，那边的“自由总会”会禁止你的电影在台湾放映。80年代，台湾是很大的市场，是香港电影本土以外的第二大的市场，香港电影除了在香港上映，便卖埠到台湾，借此收回成本。

我们拍《倾城之恋》时对上海一无所知，对内地的认识也很贫乏，我算是懂得一点的，因为我在80年代曾经到过海南岛，但海南岛和上海完全是两个世界呀！哈哈！所以我们便偷偷回去，在那里找一些场景，也在那里找一些京戏戏班，我们希望在拍摄之前了解一下上海人居住的房子，因为我们听说上海有石库门房、有旧屋、有洋楼等等。上海是很大的，那里的文化、生活习惯和香港又相似又不相似，例如同样是华洋杂处，同样在保留着中国传统的同时也有许多外国传统，但实际情况毕竟跟香港不同。坦白说，我们逗留了三天，什么也没有接收到，我们是——“啊！石库门房是这样的！”“那些房子是这

样的！”石库门房其实有不同种类的，但我们只看了一种！我们回来后其实仍然很懵懂，但因为当时居心不良，有了限期便一定要开始拍摄，我们之前所做的research，做了比不做更糟，实际拍摄时的上海完全凭自己想象。后来才懂得最理想的做法是先做很多research，然后在research里选取一个统一的系统，譬如说不同年代的人，因为身份、阶层不同，生活方式也便各有不同，我们做research的时候会问："40年代的时候，你家中是怎样布置的？"每个人告诉你的答案都不一样。每个人眼中的上海都是不同的，差异很大，无法统一，我们需要统一的是从那时代许多细碎杂项里，找一些共通的、有特色的，或是你有意去interpret（演绎）的东西。

后来拍《半生缘》是十多年后的事，我们痛下决心改过，要拍上海，便一定要拍一个由我们给予interpretation的上海。我们的美工提

出40年代的上海是很有欧洲味道的，我们要在《半生缘》中带出一个感觉——是一出东欧片，至于东欧片是怎样的便见仁见智了，哈哈！但总之是有布拉格……总之不是南欧那种西班牙式，也不是北欧，而是东欧，是旧式的，有少许苏俄感觉的欧洲风味，他连音乐也希望我们提供一些有欧洲风味的，就是要带这种感觉给《半生缘》。这样把许多繁杂的东西堆起来，instead of（相对）去形容上海是怎样的，似乎这做法较好。

但后来还是出现很多问题，电影上映后有很多人非议，譬如当裁缝的会说40年代女士的长衫不是这样的，那些褶是怎样怎样的……自己听了也给吓呆，到现在我还是不知道40年代的旗袍应该是怎样的；又有人说那些褶是怎样的，袖子又是怎样的，cutting（剪裁）又该怎样怎样，长度又怎样怎样，等等。我想其实每一个年代也应该同时有不同年代的款式存在，只视乎你选择哪一种作代表，你要给人哪一种大概印象，就是找来几个专家问他们20年代的旗袍是怎样、30年代的旗袍是怎样、40年代的旗袍又是怎样的，我想他们也会有争议，但你必须知道那三种旗袍大概是怎样的。当时的外国和当时的上海仿佛相隔了十年，那种时代的重叠和纷乱，我们愈看愈confused（混淆），

加上我们那时很赶，所以便说可以了，只要好看就行了，其实是没有尽责，做得不够好。化妆的情况亦然，找一个外国人来，他说一套；找一个唐人来，他说另一套。结果白流苏的化妆就如大家所看到的，很大的嘴唇，用的粉是哑色的、是mat（厚）的，涂得很厚、很白，眉毛没有二三十年代时的幼细，但也没五六十年代时的粗宽……哈哈！我们很疲于奔命，如果要认真考究可以很考究，但其实最主要的是不要错，同时要选择一个统一的视觉系统。

还有那些房子布景，我们被骂得很惨，白流苏的家——原来只有广东人才会把祖先的照片挂在厅里，我们那三幅照片还是从上海买回来的！他们说："我们上海人不会把祖先的灵牌竖立起来，你们真是胡来的！"还有白流苏绣花，又有人说："没有人拿着整只鞋来绣的！"他们会说出来，主要是因为你做了一件很兀突的事，若那事不兀突便ok。又如白流苏的头发剪成任剑辉一样，这是美工的一个误会，他"嚓"一声剪掉了，效果如此，我当时也呆了，前面还有一些需要长头发连戏的镜头还未拍，但结果观众却没有发现白流苏的发型不连戏。有一场戏是白流苏在浅水湾家中吃饭，她在浅水湾的时候头发是不长不短的，但出来的时候却是长的，差了两寸！我们是不可

原谅的。白流苏的头发剪成这样，是因为我们有一次看到一位30年代将军太太的照片，我们觉得很“帅”，没想到30年代的女人会剪如此前卫的发型，所以其实不是发型的问题，而是那种发型不适合缪骞人，她的头太大了，头太大而头发剪得太贴服，便显得头很大而人很瘦，比例不美观，她一定要soft（柔和）一点才好看，结果造型便不好。Anyway（总之），我要告诉你们的是，我们在工作中每次make decision（下决定）的时候，因为没有一个统一的、合作的概念，结果便出现许多这样的问题。

《阿飞正传》的"感觉"

在时代背景上，如果我们真要做research，我们要做得比较好，要多花些时间多点了解，不是在慌乱中抉择，结果出来的效果只是ok，但不是经过设计或者思考的东西。《倾城之恋》美工部分看上去ok，但没有一个统一的方向，所以便有问题。除了先做许多research，然后选取一些重要的特色，把它变成一种风格外；我想重现时代背景的另一种做法是，用许多"感觉上"的物件，而非"视觉上"的物件[3]。你们有没有看过《阿飞正传》？我在《阿飞正传》里看到许多东西，我想为什么它的60年代不是我所经历的60年代？它也不是有很多details（细节）或许多那时代的景物，但为什么给人的印象这么深而且没带来批评？就是因为它选择的全是"感觉性"的东西。什么"感觉"呢？第一，肯定地，60年代是没有冷气机的，《阿飞正传》中许多场戏，例如张国荣（按：饰演旭仔）回到家中，然后刘嘉玲（按：饰演刘凤英／又称咪咪、露露）回来跟他调情的一场，一把风扇放在那里，有前景和后景，那风扇除了实貌，还会摆动，还会发出声音，整场戏便

3 按：许鞍华演讲原文为"用许多'视觉上'的物件，而非'感觉上'的物件"。此处因应文理更正。

都充满“查查查查”的声音。许多时候，听觉上的感觉比视觉强，它是一个total（整体）的感觉，受了它的影响也不知道。所以他们是找到风扇这东西，这是那时有现在没有的，现在已经消失了的，而且那是有声音、有动作的感觉，同时那是普通的物件，放在那里也不察觉它是一件道具，它在电影中还夸张了“热”……几个function（作用）加在一起时，在创造时代特色上便产生了多种效果，而观众不自觉经历了这种效果，不只是在看spectacle（场景）。又如下大雨的场景，也很能突出香港夏天的感觉。

还有，现在的汽水大多是罐装，但60年代的汽水是瓶装的，人们都拿着瓶来喝，《阿飞正传》里许多场戏都见张曼玉（按：饰演苏丽珍）卖汽水，“啾！”“啾！”地开汽水、喝汽水，那已经融化在戏里的，而不是布景或什么，而是戏中的重要部分和道具，还有张曼玉和刘嘉玲打架那一场戏，张曼玉抽起一盘一盘的汽水，发出“叮叮当当”声，以及踢汽水瓶的声音[4]，这些声音都是跟戏融为一体的。当

4 电影那场戏中，张曼玉与刘嘉玲饰演的角色并未打架，两人争吵时，刘嘉玲掀翻了一筐空汽水瓶。此处疑为许鞍华误记。——编者注

它成为戏的一部分，产生声音效果、戏剧效果的时候，那时代背景便不光是装饰性的东西。这些东西需要细心选择，有特别的眼光、独到的眼光，经过思考如何融入戏中，那时代背景才会跟戏合而为一。但我们许多时候是时代背景归时代背景，对白归对白，没有把那些东西重新调配来取得统一、完整的效果，结果便变得非常单向性，徒劳无功，因为观众看电影是看整体的，并不是你喜欢那套衣服便让演员穿那套衣服，那便不是一个系统。

《阿飞正传》第三项很特别的处理是，它没有选择60年代的衣服，即不是那时流行什么便让演员穿什么，它选择的是整体感觉。譬如60年代很多女孩子的裙子的线条是“A”字型或是倒“A”字型，刘嘉玲每次出场都穿倒“A”字型的裙，张曼玉则所有裙子都是正“A”字型；还有，电影中的男孩子都必定涂上发蜡，刘德华（按：饰演警察超仔）、梁朝伟都涂得很夸张，但实际上从前不是所有男孩子都涂发蜡的，就是要予人一种很不一样、很60年代的感觉。所以，选择一种衣服的线条much rather than（远胜于）选择不同的衣服，因为款式太多，选择了一种线条便有一种统一性，能够给人整体的感觉。服饰的线条每一年都不同，好像现在T-shirt的线条和几年前的便

不同，有少许差别的，一看便知道为什么这个很fashionable（时尚），那个不fashionable，其实也是线条的问题。

还有第四项，就是《阿飞正传》用上了那个时代才有的音乐。声音、线条都不是视觉上的东西，而是一些感觉上的东西。《阿飞正传》用了许多60年代的音乐，那种很virtual（虚拟）的感觉，沿用那种arrangement（编排）、那种乐器，但服装却不是exactly（完全）属于那个年代的。它那种统一的效果是，这是原装的，但增添了新元素，互相冲击，让整件事都变成新的，其实当中有旧也有新。

拍电影都应该先这样思考，其中当然有许多不同的variable（变素），有时对，有时错，创作性的东西有时候是碰运气，但如果不做这些功夫，便不是创作，只是照着做。我认为我在做《倾城之恋》时是很勤力的，但其实只是照着做，因为没有好好地把那些elements（元素）想清楚，哪些是主、哪些是副、怎样混合，这是视觉上的editing（剪接）的事。

《阿飞正传》片段放映

刚才的片段大概illustrated（描绘）了我所说的汽水瓶、服装线条等各点，王家卫在那些时代中选择了一些很细微但有代表性，而且有声音、有声效的东西。需要notice（注意）的是，《阿飞正传》中的美工、音乐、剪接、演出等是一个整体结合，可以看到他的拍摄手法是统一的，全用一些很tight（紧凑）的镜头，或是所谓的telephoto lens（摄远镜头），那些镜头很长，把画面背景模糊化，因此不用那么多背景，相反，如果用广角镜，背景和正面都需要很清楚。他很consistent（贯彻始终）地常用这些比较长的镜头，背景比较模糊，带出nostalgic（怀旧）的感觉，因为看不真，便有梦的感觉，这是恰当的。而且在视觉效果上，他连颜色、灯光等带出的观感都统一了。一般观众可能不晓得导演如何制造这些效果，但却会感觉到这些效果。我们拍《倾城之恋》便没有考虑这些方面，哪个shot（分镜）应怎样拍便用什么镜头，而没有预先统一镜头来让观众有一种时代背景朦胧的感觉。这些都应该在拍摄时好好考虑，然后有所选择地去做。

其他的points，我想用《胭脂扣》的片段来说说它的改编，那和《倾城之恋》“搬字过纸”式的adaptation（改编）不同。我今天所说的，不是说自己拍的电影很糟，哈哈！我没有这种意图，只是以事论事。

我认为《胭脂扣》的adaptation是很上乘的，这跟原著有关系，但不是说原著不好而改编很好，而是原著和改编是两回事,《胭脂扣》的改编工作做得很好。

如果你们把《胭脂扣》的原著找来，把所有有关如花和十二少的段落勾出，你们便会发觉李碧华写那对遇鬼的情侣，写得像一出戏似的；写如花和十二少则像叙事般，只是间中以一两句说他们当年如何，电影的改编反而把如花的故事expand（发展）成一场一场的戏。譬如，你不会在小说中找到如花和十二少第一次见面、怎样相遇的细节，但电影则整场戏加进去，就在这场戏，你便可以发现改编或写一场戏需要注意的事情。有些戏是需要有场面的，如果是时代剧便更需要场景提供一些时代背景给观众看,《胭脂扣》的世界关于石塘咀、妓女、烟花之地，是很怀旧和很glamorous（有魅力）的，所以它找来一个场景，妓院是两层高的，古色古香的；又让如花首次出现时穿上男装，这是一个设计；而且如花是有声色艺的，她会唱《客途秋恨》。大家都知道《客途秋恨》是一首很著名的南音，它的content（内容）正是妓女与客人之间的哀怨故事，所以如花的歌声在声色之余，不但为观众介绍故事，还带来背景的音乐和场面。有些人在旁敲打乐器，

有前景、有后景、有衬托，使二人初次相遇的那场面很grand（盛大）、很丰富，这就是改编。戏中的妓女有“琵琶仔”之类的称呼，她们又有些很有特色的习俗或仪式，就是拿毛巾给客人然后收钱，每个客人后面都站着一个女孩服侍他，等等，这是一种声色之地的章法，甚至是一种文化。那些习俗都是有根据、很好看、值得研究的。他们说话的方式是怎样的呢？他们说一些从前的广东话和许多术语，这些都放到如花和十二少初次见面的那场戏里去了。导演考虑这些场景时，除了要求有画面、有歌、有戏、有背景，他还考虑了怎样交代。这都是改编而来的，根据原著里面的一些提示写成一场戏。

另一场戏，十二少去找如花，改编成如花明明坐在那里闲着，却偏要十二少在另一边等，她说要去搓麻将，这样三去三回，让他等，一方面看他是不是有诚意，另一方面这是交际花一种很上乘的手段，就是吊他胃口，不让他那么容易得手。这戏很有趣又很好看，每次如花过去，十二少有时睡在那里，以为他走了，有时又打开门……就是看如花怎样戏弄他，也有点调情意味，很好看，这些都是原著没有的，只是沿用那个setting（环境）。如此类推，基本上所有如花和十二少的戏都是这样一场一场地写出来。后面还有一些其实是很老套但又

很好看的戏，就是这妓女很忠心地跟随十二少，但他家里不容，如花于是去看他母亲，结果受到奚落……这种戏需要很大的想象力和很精到的设计才能让人感受到如花的感受，因为这种故事过去被拍过千百次，但《胭脂扣》处理得很好，整场戏的场面设计和对白都很好。

有时候，改编是把原著中的一些提示重新拼凑成一场戏。所谓小说的提示，譬如这段说十二少的身份，那段说二人初次见面，电影改编便用一场戏完整地表现出来，这对我来说是写剧本和adaptation（改编）最困难的部分，但《胭脂扣》这几场戏便处理得特别好。我不是说原著不好，而是原著不用写这么多，不需要一场一场戏地写出来也可有那感觉；但如果导演只是照原著来拍，那便不会看到这许多东西了。据我所知，关锦鹏拍《胭脂扣》的时候是有意将摩登的那对情侣和50年代那对情侣做比较的，彼此戏份几乎各占一半，但拍摄完毕后剪接，剪呀剪的，把摩登那对的戏都剪去了，因为从前那一对的戏好看，所以梅艳芳（按：饰演如花）和张国荣（按：饰演陈振邦，即十二少）便占了主要的戏份。这种比例的问题时常发生，因为很多时候需要拍了出来才知道行不行，当然希望成功，但有时候出来的不是最初想要的效果，或是不能达到想要的效果，最后效果好的便占了主要戏份。

《倾城之恋》中的《金锁记》片段

问：我的问题是关于《倾城之恋》的，里面有一场戏是白流苏在她母亲的床上哭泣，白流苏一边说一边将手腕上的金手镯子推向手臂，一直地推。这在《倾城之恋》原著是没有的，反而在《金锁记》中，七巧曾经这样做。为什么你会在《倾城之恋》加插这一段呢？

许：我其实是看了《金锁记》，觉得她那动作很有趣，所以……〔笑〕。那时我是很勤力的，但我的方向错了，我没有好好考虑《倾城之恋》想表达的是什么？我想通过《倾城之恋》表达什么？中间有什么偏差？最后观众又接收到什么？我若沿着这方向想……那时我很努力地看完所有张爱玲的作品，《金锁记》里面有这一段，便加了上去；还有一场戏是阿小在洗澡间贴满手巾，不，那是《第一炉香》的片段，我们老是这样做，哈哈！赶急之下，其实没有什么意识的。《金锁记》中的七巧因为瘦得过分，所以手镯可以一直推上手臂，这种感觉很堕落，不，是很沉沦，就是瘦得手镯可以推到手臂上，但我们没有拍这场面，因为我们不是那个意思。

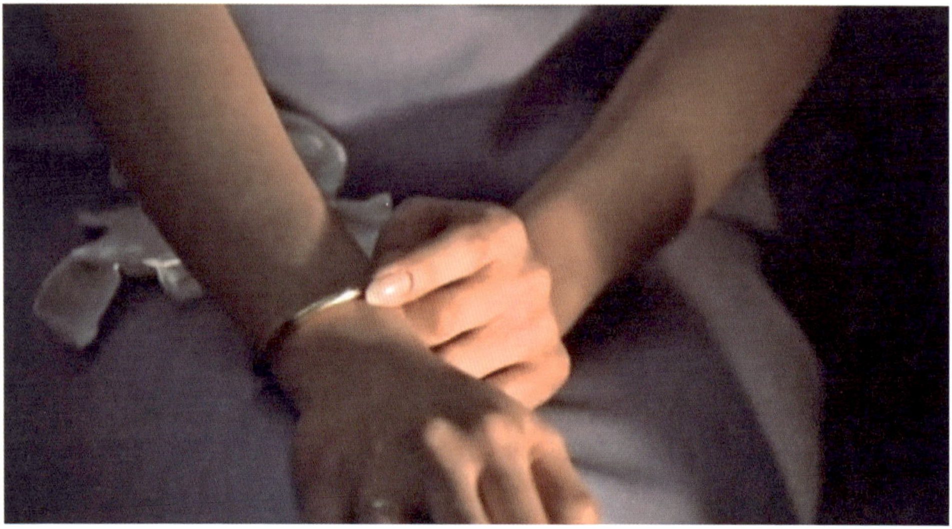

文字愈漂亮愈难以表达

问：我的问题也是关于《倾城之恋》。从前卢老师播放了蓬草，即《倾城之恋》编剧的一段访问录音带给我们听，她提到《倾城之恋》的改编有一个重要意念，就是突出三四十年代一些女子的爱情历程，或一个失婚女人的婚姻经验。你作为《倾城之恋》的导演，又有没有一些想特别突出的概念呢？

另外一个问题关于《倾城之恋》开始部分出现的京剧片段。我看的时候不知道原来那是昆剧《牡丹亭》，幸好负责带领导修的同学提醒。我看的时候有很特别的感觉，好像把张爱玲的一篇散文《华丽缘》加了进去。据知张爱玲很喜欢这散文的，逃难的时候也带着。于是我想，电影那特写是男女间调情的片段，张爱玲在《华丽缘》也很强调调情的片段，那你加插这一段戏曲是不是希望对整出戏有提纲挈领的作用？还是希望把张爱玲其他作品中的爱情观念融入戏中？

许：其实我拍《倾城之恋》时是有少许confused（混淆）的。从前我看《倾城之恋》的时候，我不是很喜欢看爱情故事的，我只是觉得把爱情故事放在这样的背景下好看。张爱玲在小说尾段写了这句话："一个城市的覆亡，成全了一对男女的爱情。"[5]我很喜欢这种说法——很惨，天崩地裂地，但竟然成就了那爱情。这是很ironical（讽

刺）的idea（意念），是张爱玲才有的，她竟然看到这点，我看小说的时候便最喜欢这点。另外，我喜欢她述说浅水湾酒店、40年代的生活，我是喜欢那些的。至于她说的男女关系，我其实不太喜欢拍男女关系，但《倾城之恋》最好看的便是男女战争，哪个胜，哪个败，那是属于40年代许多Hollywood movies（好莱坞电影）的主题，情场如战场，但它是险恶得多的，不是你死便是我亡，如果白流苏输了，那她的一生便完了。当然张爱玲写这一段写得很生动，同时她一定有对当时妇女地位的启示。一个女人，二十八岁，结了婚，丈夫不好，那便一生都完了。张爱玲多少有点替白流苏说话的意思，但我拍摄的时候没有特别想要拍这点，我只是拍战争和战争以前的比较，我比较想

5 原文为："香港的陷落成全了她。但是在这不可理喻的世界里，谁知道什么是因，什么是果？谁知道呢？也许就因为要成全她，一个大都市倾覆了。"（张爱玲：《倾城之恋》，台北：皇冠文化出版（香港）有限公司，1999年，典藏版，初版，第230页）

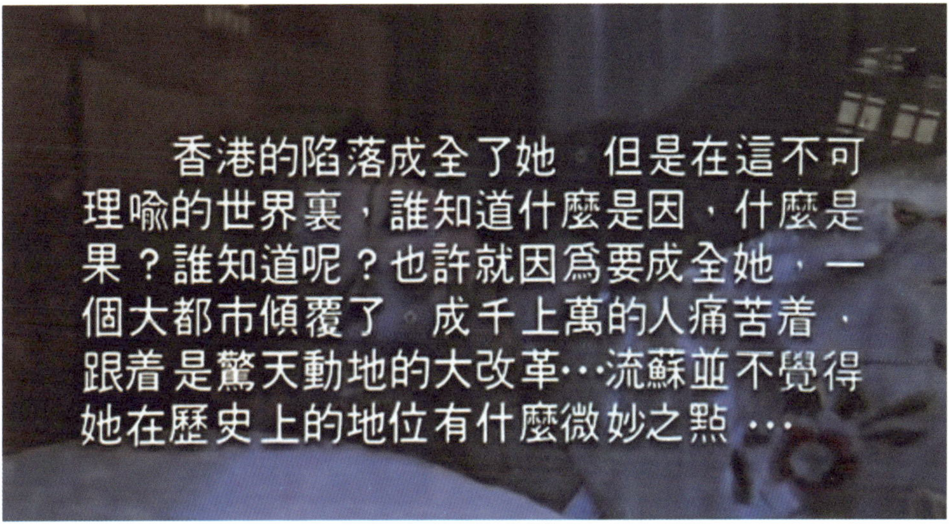
香港的陷落成全了她，但是在這不可
理喻的世界裏，誰知道什麼是因，什麼是
果？誰知道呢？也許就因爲要成全她，一
個大都市傾覆了，成千上萬的人痛苦着，
跟着是驚天動地的大改革···流蘇並不覺得
她在歷史上的地位有什麼微妙之點···

突出这对比。而在战争结束后他们变得平凡了、单纯了，或是变成了好人，这我也想拍出来，但拍不到，因为那是一种idea。就是说，文字表达得很好，但拍摄时候无法用画面表达，要是硬用画面去表达一些很漂亮的文字……文字愈漂亮便愈难以表达。

问：那是不是因为影像无法表达很美丽的文字，所以你无论如何也要在最后一幕加插文字？

许：把文字打上去？哈哈！

问：那段文字即使不加进去，对整出电影的故事也没有影响，但你是加进去了。这是因为你很喜欢那段文字，所以想和观众分享，还是什么原因？

许：有少许desperation（绝望）吧！“这是张爱玲”的意思吧，不是一种手法。

张爱玲不相信这些

问：小说里说，究竟是城市的破落造就了他们，还是他俩的结合令这个城市灭亡了？另外，像你说的，最后拍不到他们变成好人……其实可能两个人经历了这样的大时代变迁，或者经过一场power game（权力斗争），过程中也许会互相adaptation（适应）、有一些改变，他们personally changed（个人本质改变）以后，自然便会变成较好的人。他们中间已没有那么阴险奸诈，可能因为事情都完了，已不需要阴险奸诈，又或已找到另外一些更好的人，这样，可否……

许：你想问的是……？

问：其实不是问题，后来他们改变了，自然地成了较好的人，就是一个很natural（自然）的个人成长。

许：我觉得张爱玲没有说他们变成了一些较好的人，张爱玲不相信这些的，这是她写实的地方。“文化大革命”的时候，我回乡探望我祖父，我在那边两星期没东西吃，回来后的三个月，我每天吃饭完全不敢留一粒米饭在碗里，但三个月后便又再犯了。我觉得张爱玲很明白这些。

问：还有一个问题谈到京戏昆曲……

许：对，那昆曲《牡丹亭》，我不是刻意选《牡丹亭》的，也不是因为《华丽缘》，其实我不懂的，我们只是说："你们上去演一些戏，感情戏。"哈哈！那是表达男女感情的，我们也便用了那一段。

她写来很震撼，但这如何拍？

问：好几位导演都改编过张爱玲的文字，譬如《红玫瑰与白玫瑰》，你也改编了《半生缘》；我想张爱玲的文字，有些部分是很难转变成影像的，而这几部改编电影都用了字幕把张爱玲的文本直接打出来。我想请问，你认为张爱玲作品的哪些部分是怎样也无法转变成影像的呢？

许：她有很多部分是描写心理或是描写concept（概念）的，譬如《半生缘》甫开始那段文字，我也觉得很难表达，就是说“已经过了十四年”那一段，男女主角初认识的那一两年，时间好像拉得很长，以后十四年的时间却过得很快，非常快。很多人读小说时都有这种感觉，有些时间很长，有些时间很短，她描写一些很特别但一般人都会感觉到的心态，她写来很震撼，但这如何拍？这是无法拍出来的，很快便知道要give up（放弃），不可死缠烂打，我觉得要放弃，唯有想别的办法来表达。

她只写生活习惯、景色，我读来也觉得很感动

问：我想问《倾城之恋》有没有哪一个情节让你很感动？这是第一个问题。第二个问题是有没有想过重拍《倾城之恋》呢？

许：重拍？哈哈！留待你们来拍吧！另外，感动我是很感动的，我看许多张爱玲作品也不求甚解，没有怎样分析地看，但我是很喜欢看张爱玲的。我想她就是不写感情或戏剧冲突，只写生活习惯、景色，我读来也觉得很感动，因为我觉得很好看。好像说，我从没看过描写树影描写得那样好的，我们看树影很美，经过她描写后再看便更美，这我便很感动。幸好她来了香港，香港有许多东西只有她能描写得到，但她是上海人，我们即使没有到过上海，看见她的描写便都像到过似的。我觉得那是文字在很好的时候带来的礼物。

原著不是那么好的，能拍成好电影的机会倒大一点

问：许导演，刚才你说拍摄《倾城之恋》时是颇忠于原著的，又提到关锦鹏《胭脂扣》的改编很上乘，他会就原著某些部分加以延伸。我想问一下，由文字转化成影像的过程中，导演的作用、角色是怎样的？应该以自己意念改变文字，还是忠于原著？你认为哪一种较好？两者又各有什么优劣之处？

许：我的感觉是，一般情况下，原著不是那么好的，能拍成好电影的机会倒大一点，这是很自然的。因为文学作品愈上乘便愈能刺激读者的想象力，令他们想到各种各样的东西，也可以provoke（引导）他们想到许多不同层次的东西，那便一发不可收拾。如果原著是很著名的，许多人以至许多代人都读过、讨论过，譬如林黛玉是怎样的、贾宝玉是怎样的，各人心中有数，于是似乎《红楼梦》的改编电影都失败。因为它已经有自己的传统，那是大家想象中的《红楼梦》。

还有就是它的文字功力，我说过愈上乘的文字愈是无法拍出来，特别是概念性或思想性的东西，那是绝对拍不到的，就是拍到也需要演化成别的东西。好像说《乱世佳人》（*Gone with the Wind*），它可说是通俗文学，但拍成电影后却成为经典电影。*Dr. Zhivago*（《日瓦戈医生》）属于比较高级的文学作品，拍成电影便没那么好了，感觉上有

些地方比原著差，因为原著那种精神、那种意境、诗……在电影里都变得很低。你还可以想到许多改编作品，通常都会这样，这是很自然的情况。

徐克改编是抽取原著精神

另外要说的，便是电影工作者的态度。有些导演会借题发挥，好像徐克拍《笑傲江湖》，他借题发挥反而拍得好。《笑傲江湖》的原著当然不可以跟《红楼梦》原著的成就比较，但它也是很多人认识、非常著名的小说。它的篇幅那么长，要把整部小说拍成一部电影根本没可能，但如果只抽一段出来，又一定不及完整的那么好，那怎办呢？徐克的做法是抽了其中的精神出来，只选一两个角色，重点是表达《笑傲江湖》的精神。就是在一个很残酷和黑暗的世界里，有些很单纯的人和事，那便是令狐冲。另外，徐克竟然找了东方不败来做代表性人物，这人物为了武功、为了权力而自宫，但同时他是十分单纯的。《笑傲江湖》的精神是，江湖中人勾心斗角，不同教派打斗得天昏地暗，但他们的爱情即在这样黑暗的背景里发生，而这个contrast（对比）是《笑傲江湖》这武侠小说给我的基本感觉。如果你的基本感觉是行的，那怎样转化角色、情节，大刀阔斧地改编都可以。东方不败喜欢上令狐冲，这真是徐克才能想到，我们初听他的构思时真笑破肚皮，但结果却是可行的，甚至因为他这样做才可行。无论怎样脱离整个剧情、大幅度地改编，但必定仍然属于原著的精神，这便可能成为成功的改编，instead of（而非）没头没尾的，这里抽一部分，那里抽一部分，随便一个idea，有那些人名，但没有那种精神。

颠覆原著

另外一种更厉害的做法是甚至颠覆原著，我此刻想不到example（例子）。有一位叫Fassbinder（法斯宾德）的导演，他拍过*Effi Briest*（《血泪的控诉》，又名《寂寞芳心》），还拍过几本德国名著，但改动很大，他甚至用自己的一套加在原著上来interpret那原著。我找不到那电影，无法告诉你它怎样特别，但可以说明有些人会这样做，他清楚知道原著，甚至打上字幕，告诉你那书的情节是这样的，但我不同意……类似这样的处理，这样颠覆原著，但也是可行的。做一些variation（变奏）、一个borak（胡扯），就是一个variation of原著，不一定要忠于原著、完全word for word（照搬）才是好的。我觉得做adaptation是很吃力不讨好的，特别如果那原著是名著。除非像他们现在那样，写一本书连带拍一部戏，同时推出，这又作别论，这是一种很上乘的merchandizing（推销方法），对两方面都有好处。你会看到内地很多小说刚出版便拍成电影，又或甚至是为了拍电影而写的，这种文学和电影的关系很密切。我想这跟语言有关，他们在内地生活，平日讲和听的都是国语，小说改编成电影后大家都能马上adapt，很简单，省了改编对白的手续，所以我想他们文学与电影之间的关系是比较密切的。有些作者，如刘恒会改编《菊豆》的剧本，他自己会写小说，写好以后便改编。

电影和文字
戏剧和小说

问：许导演，你刚才说过你改编《倾城之恋》的时候，没有时间思考小说和戏剧的分别、电影和文学的分别，那你认为两者的分别在哪里呢？

许：你是说……？

问：电影和文字的分别、小说与戏剧的分别。

许：电影和文字的分别，我觉得电影很难表达思想，除非安排角色在对白中说明；而文字的主要function（功能）是表达思想吧！文字divine（大赋）的地方就是可以表达concept（概念），这在电影里是表达不到的。如果我们用蒙太奇，把一些影像拍成电影，那效果是放射式的，画面像诗一般，一层一层许多许多不同的意思，ideally（理想来说）愈多意思出现愈好；但问题是信息不精确，你不知道它说什么，每人的理解都不同，这无疑也是它的强项，但如果要求准确地告诉你它想的是什么，我觉得电影做不到。

而戏剧和小说是……这题目很大，哈！小说不是用一场一场的戏来交代人物关系，而且不需要推向某一个戏剧冲突，即Aristotle（亚里士多德）说的那些有beginning（开端）、有middle（中间部分）、有

end（结束）的戏剧，每一场都有冲击。基本上现在的电影，即使好莱坞模式的电影都是base on这model（模式）上，都是先有冲突，然后解决冲突，结构一定是这样的。但小说结构便不一定这样，小说不是start with（起端于）完整事件中的冲突，它可以有boundary（界线），传统结构是由一开始写至一百，但又可以由一百开始写回一，并不是事件、冲突、解决冲突的完整过程，所以两者的分别很大。我们有时候弄不清楚，不读文学的人便更弄不清楚，因为许多事情从基本理论开始，大家有了一种概念，然后用这种概念理解事情，但如果没有读过理论，便也许会觉得那本书不错，但概念上是弄不清的，我现在有时候也弄不清，但知道那分别很大，而且必须确认那分别很大，知道那分别后便可以做各种调查，但问题是如果你不知道那分别，那便不知道可以做什么。

《半生缘》改编的得失

问：许女士怎样看《倾城之恋》和《半生缘》，同样是改编张爱玲的作品，你觉得两者的关系如何？

许：我觉得《半生缘》是好一点的，至少我们一群人、我们的美服（按：即美工和服装）洗刷了以前在《倾城之恋》所犯的错误。首先我们在美工上不再找一些服务性的资料，而是希望在搜集资料后，自己主观地给美术指导一个方向，让它像欧洲多于像上海，一个ideally的上海。另一方面我们在语言上不会再把张爱玲的对白……《半生缘》的对白较接近人的说话，我们刻意把对白改得生活化一点；还有《半生缘》是以国语拍摄的，那些演员本身全是讲国语的，上映时我们才配上粤语，所以基本问题减少了。我们在场口上也用心营造，但我觉得仍然不是做得很好，好像他们在饭馆相遇的一场，我们希望那场面好看一些、布置好一些，加了些蚂蚁，但我觉得效果一般，不是很好。但我们想到最好也只是这样，没办法。

还有，世钧说十四年没有见过曼桢，认识她的那一年多却感觉很长很长，接着那十四年眨眼便过了。我说好呀，可以将十四年前的那些场口在银幕上全都是最prime time（重要的时光），就是说他们相遇的那些镜头是很长的。譬如说他们相遇的时间是一小时，我们便

用了三分钟来表达这一小时，代表性的时间很长；至于世钧离开曼桢以后，我们大幅剪除他的生活细节，令剧情交代得很快，一眨眼便过的。这样我们便可以将原著那种精神，即将时间的主观性表达出来，我们以为这很棒，想不到人们看过后又有意见，说："为什么后半部的节奏和前半部的节奏完全不同？匆匆忙忙似的。"我们只能说我们失败了，因为我们的尝试没有人发觉。我们已经很努力地做，不会内疚，因为我们是尽了力去做。

喜欢那本书，让我拍我便拍

问：我们谈小说和电影都必定提及观众，观众是很重要的，但刚才所说的，却是忽略了观众的存在。在香港拍电影是为了赚钱，至少需要收回成本，内地也是这样，许多时候的改编都需要合乎观众口味。你提到《倾城之恋》失败是因为观众看不懂，他们无法投入等等，从你的角度来说，你认为观众怎样影响改编？或者怎样影响改编的质量？

许：老板让我们改编，已预计了卖座不会好，这是真的。可能那平衡方式是，举凡这类爱情戏的男女主角都是大牌演员，希望他们的号召力能把观众号召来。《倾城之恋》便找了缪骞人和周润发，《半生缘》便找了黎明和吴倩莲，他们四个都是当时很有号召力的演员，希望以他们作号召。人们是去看40年代，还为了看爱情故事，人们是喜欢看爱情故事的。但仿佛是定例似的，凡拍40年代上海的电影都失败，我也不知道原因，好像没有哪一部属于那年代的戏是卖座的，不知道为什么。

问：除了刚才所说的商业因素，你作为导演去选择一些文学作品来改编成电影时，你会考虑哪些方面？自己对那作品喜欢与否？或是

什么原因？另外，改编作品与编剧有很大关系，好像蓬草改编《倾城之恋》时想说一些40年代女子对爱情的感觉，但这可能和你想说的不同，那在改编的过程中，编剧和导演，哪个重要些？

许：你的第一道问题是？

问：除了商业因素，你选择改编一部文学作品时会考虑什么因素？

许：我没有考虑什么的，喜欢那本书，让我拍我便拍。如果细心考虑的话便可能不会开拍，因为那是很辛苦的，所有人都会骂你，说："你为什么改编张爱玲？""为什么拍张爱玲？""不像上海，又不像香港40年代，这是什么来的？""你真笨，拍40年代，那些人还在世，拍清朝便没有人说你不像。"（众笑）我应该拍早一些，不要拍

那么近……其实不是这问题，60 年代的人也还在世，为什么王家卫拍《阿飞正传》却没有人批评？问题是你做得怎样而已。我自己当时没有怎考虑，喜欢张爱玲便拍了。

问：第二个问题是，编剧是不是很重要？如果她提出的不是你本来想要的那种东西呢？

许：不会的，如果她想把《倾城之恋》改编成是说 40 年代女性处境的，其实这正是电影所要说的。我对 40 年代女性处境不是特别感兴趣，但主题有许多，我比较喜欢这种，因为故事不说那女主角的命运，那怎可能不关注女性处境？有时编剧跟我有些看法未必相同，但我认为也无须相同。

用电影描写“心情”

问：有关小说文本中的人物心理描写，作者以全知角度描绘他们的心理状况，而你把它转化为影像的时候，其中一种处理方法是打字幕出来，好像《红玫瑰与白玫瑰》那样，用字幕打出来，但《倾城之恋》便没有这样做，那便倚靠演员的表情，或是导演以四周的事物来衬托。对于描写心理状况，许导演你有什么心得？

许：我刚才说电影有时无法表达文字，我说的不是心情。你说的感情部分，电影是能表达得很好的，除了演员表情，你还可以利用场景、灯光等，全都可以用来夸张气氛。如果安排在海边，天很灰、很阴暗，那自然是心情阴暗，这是很容易的；又譬如你很高兴，那便阳光普照；也可以相反处理，你很高兴，但天色很阴暗，这便很特别。电影可以表达许多不同的复杂的感情，但在rationalizes（合理化）那些感情时，许多迂回曲折的思想便无法表达。最主要是情景交融，用阴暗的背景拍阴暗的人，可以夸张效果；或是倒过来，用很光明的方式拍疯子，可以很特别。这些视觉上的东西都很容易，再加上音乐、声响效果，用这些表达人的心情是很上乘的，但你对别人心情的看法便很难表达。也许用一些画面速度表达事过情迁、景物依旧人面全非，这些很容易以电影表达，而且表达得很好，但我是说“有些”情

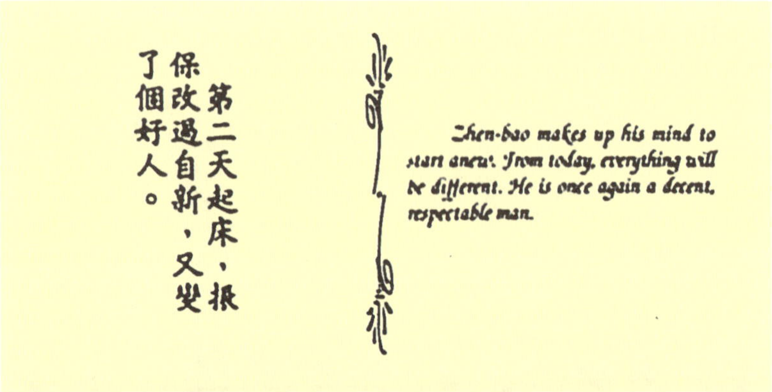

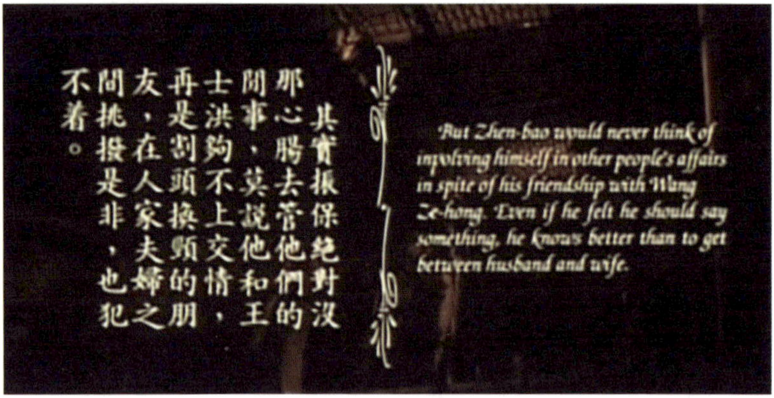

况无法表达，特别是张爱玲所写的许多心情，那不只是感觉，那便很难表达。

重拍《倾城之恋》？

问：你在《许鞍华说许鞍华》里提到找周润发和缪骞人来演《倾城之恋》是一个错误[6]，为什么你会这样说呢？

许：我不是说话不负责任，但说一次便只负那一次的责任，有时候心情不好便乱说话了！哈哈！还有，那时候我跟周润发已合作过一次，和缪骞人也合作过一次，大家也很厌倦，观众看这组合也很厌倦，所以我觉得这是错误的决定——早知道便不回答那问题了。

问：假设你重拍《倾城之恋》〔众笑〕，你会选谁当男女主角呢？还是选他们还是选其他人呢？

许：我会不会另选所有角色？当然需要啦，他们都老了！〔众笑〕会，我会另选所有角色。

问：那你选谁呢？

许：嗯，我会选周迅和黄磊，即是演徐志摩（按：指《人间四月天》）和演《苏州河》的那人，可以吧？

6 邝保威编：《许鞍华说许鞍华》，香港：（出版社不详），1998年，初版，第27页。

问：也是假设的问题，把《金锁记》《倾城之恋》《半生缘》合在一起，以白流苏、范柳原等人物为主线，那便有许多的爱情关系，你有没有这样想过？

许：我没有这样想过。

问：我看到有些消息说你想重拍《半生缘》，因为你觉得当时找黎明和吴倩莲当主角是……

许：也是错误的！〔众笑〕

问：报道说你会找赵薇饰演当日吴倩莲的角色，为什么你有这样的想法？还有，你想新的《半生缘》会有何突破？

许：我不知道消息从哪里而来，我没有想过重拍《半生缘》。只是有一天有周刊记者跑来问我是不是要重拍，我便说："没有呀。"他却诬捏说我沉吟许久才说没有，那即表示我有。〔众笑〕这样做很过分，这只是小事，但如果说问我："你有没有杀人？"我停了许久才说没有，那……〔众笑〕Anyway，没有重拍这回事。他们问我有没有找赵薇拍戏，我说："我也希望找她拍戏。"就这样而已。

问：有没有想过不找大牌演员作号召，而凭你的角度去选你喜欢的演员去拍那种感觉？这样的效果会不会较好？ 许：其实不会的，因为大牌演员的好处是，他们一般的演技较好，比新演员好；第二方面的好处是，他们已经有许多fans（支持者），而且他们本身便很有魅力。我觉得这样的角色，即使样子平凡也要有明星魅力，那电影才会好看。演员如果charming（迷人），电影出来的效果也会好看些，不可以因为角色是平凡人便找平凡人来演，否则观众觉得不好看，我也觉得不好看呀！〔众笑〕

选自《金锁记》

张爱玲 著

七巧似睡非睡横在烟铺上。三十年来她戴着黄金的枷。她用那沉重的枷角劈杀了几个人，没死的也送了半条命。她知道她儿子女儿恨毒了她，她婆家的人恨她，她娘家的人恨她。她摸索着腕上的翠玉镯子，徐徐将那镯子顺着骨瘦如柴的手臂往上推，一直推到腋下。她自己也不能相信她年轻的时候有过滚圆的胳膊。就连出了嫁之后几年，镯子里也只塞得进一条洋绉手帕。十八九岁做姑娘的时候，高高挽起了大镶大滚的蓝夏布衫袖，露出一双雪白的手腕，上街买菜去。喜欢她的有肉店里的朝禄，她哥哥的结拜弟兄丁玉根，张少泉，还有沈裁缝的儿子。喜欢她，也许只是喜欢跟她开开玩笑，然而如果她挑中了他们之中的一个，往后日子久了，生了孩子，男人多少对她有点真心。

选自《半生缘》

张爱玲 著

他和曼桢认识，已经是多年前的事了。算起来倒已经有十四年了——真吓人一跳！马上使他连带地觉得自己老了许多。日子过得真快，尤其对于中年以后的人，十年八年都好像是指顾间的事。可是对于年轻人，三年五载就可以是一生一世。他和曼桢从认识到分手，不过几年的工夫，这几年里面却经过这么许多事情，仿佛把生老病死一切的哀乐都经历到了。

她一直知道的。是她说的，他们回不去了。他现在才明白为什么今天老是那么迷惘，他是跟时间在挣扎。从前最后一次见面，至少是突如其来的，没有诀别。今天从这里走出去，却是永别了，清清楚楚，就跟死了的一样。

选自《倾城之恋》

张爱玲 著

1

然而那天晚上，香港饭店里为他们接风一班人，都是成双捉对的老爷太太，几个单身男子都是二十岁左右的年轻人。流苏正在跳着舞，范柳原忽然出现了，把她从另一个男子手里接了过来，在那荔枝红的灯光里，她看不清他的黝暗的脸，只觉得他异常的沉默。流苏笑道："怎么不说话呀？"柳原笑道："可以当着人说的话，我全说完了。"流苏扑嗤一笑道："鬼鬼祟祟的，有什么背人的话？"柳原道："有些傻话，不但是要背着人说，还得背着自己。让自己听见了也怪难为情的。譬如说，我爱你，我一辈子都爱你。"流苏别过头去，轻轻啐了一声道："偏有这些废话！"柳原道："不说话又怪我不说话了，说话，又嫌唠叨！"流苏笑道："我问你，你为什么不愿意我上跳舞场去？"柳原道："一般的男人，喜欢把好女人教坏了，又喜欢感化坏的女人，使她变为好女人。我可不像那么没事找事做。我认为好女人还是老实些的好。"流苏瞟了他一眼道："你以为你跟别人不同么？我看你也是一样的自私。"柳原笑道："怎样自私？"流苏心里想着：你最高的理想是一个冰清玉洁而又富于挑逗性的女人。冰清玉洁，是对于他人。挑逗，是对于你

自己。如果我是一个彻底的好女人，你根本就不会注意到我。她向他偏着头笑道：“你要我在旁人面前做一个好女人，在你面前做一个坏女人。”柳原想了一想道：“不懂。”流苏又解释道：“你要我对别人坏，独独对你好。”柳原笑道：“怎么又颠倒过来了？越发把人家搅糊涂了！”他又沉吟了一会道：“你这话不对。”流苏笑道：“哦，你懂了。”柳原道：“你好也罢，坏也罢，我不要你改变。难得碰见像你这样的一个真正的中国女人。”流苏微微叹了口气道：“我不过是一个过了时的人罢了。”柳原道：“真正的中国女人是世界上最美的，永远不会过了时。”流苏笑道：“像你这样的一个新派人——”柳原道：“你说新派，大约就是指的洋派。我的确不能算一个真正的中国人，直到最近几年才渐渐的中国化起来。可是你知道，中国化的外国人，顽固起来，比任何老秀才都要顽固。”流苏笑道：“你也顽固，我也顽固，你说过的，香港饭店又是最顽固的跳舞场……”他们同声笑了起来。音乐恰巧停了。柳原扶着她回到座上，向众人笑道：“白小姐有点头痛，我先送她回去罢。”流苏没提防他有这一着，一时想不起怎样对付，又不愿意得罪了他，因为交情还不够深，没有到吵嘴的程度，只得由他替她披上外衣，向众人道了歉，一同走了出来。

2

范柳原在细雨迷濛的码头上迎接她。他说她的绿色玻璃雨衣像一只瓶，又注了一句：“药瓶。”她以为他在那里讽嘲她的孱弱，然而他又附耳加了一句：“你就是医我的药。”她红了脸，白了他一眼。

3

香港的陷落成全了她。但是在这不可理喻的世界里，谁知道什么是因，什么是果？谁知道呢，也许就因为要成全她，一个大都市倾覆了。成千上万的人死去，成千上万的人痛苦着，跟着是惊天动地的大改革……流苏并不觉得她在历史上的地位有什么微妙之点。她只是笑吟吟地站起身来，将蚊烟香盘踢到桌子底下去。

传奇里的倾国倾城的人大抵如此。

到处都是传奇，可不见得有这么圆满的收场。胡琴咿咿哑哑拉着，在万盏灯的夜晚，拉过来又拉过去，说不尽的苍凉的故事——不问也罢！

一九四三年九月

（摘自金宏达，于青编《张爱玲文集》第二卷，
安徽文艺山版社，1992 年版。）

选自《胭脂扣》

李碧华 著

1

“就是那晚，遇见十二少。也许是缘分，也许是冤孽，总之，我挂号后，他对我目不转睛，而言笑间，我也被他吸引。本来为了摆架子，不便逗留太久，流连片刻便要借口赶下场。”

2

十二少买醉塘西，眷恋如花。他与一般客人迥异之处，便是时有高招。一夕执寨厅，十二少送了如花一个生花扎做的对联花牌，联云：“如梦如幻月，若即若离花”。我在五十年后，听得这样的一招，也直感如花心荡神驰。这二人不啻高手过招。我竟然要藉一个女鬼来启示“如何攫取少女芳心”了。

3

往下说，自然也包括了十二少绵密的花笺，以至情书。后来还送上各式礼物：芽兰带、绣花鞋、襟头香珠、胭脂匣子、珠宝玉

石……只差没送来西人百货公司新近运到的名贵铜床。

——送予妓女一张铜床？最大方的恩客也不会这样做。

谁知如花说，后来，他真的送了。十二少父母在堂，大户人家，虽是家财百万，但他尚未敢洞穿“夹万”底，做火山孝子，不过尽力筹措了二百多元不菲之数，购买了来路货大铜床，送至如花香巢。日后经常返寨享用他的“赠品”。这红牌阿姑以全副心神，投放于一人身上，其他恩客，但觉不是味儿。为此，花运日淡，台脚冷落，却终无悔意。二人携手看大戏、操曲子……

4

“你与他分手了？”阿楚追问。

“不，我死心不息。”如花忆述，“一天，鼓起勇气，穿着朴素衣裳，十足住家人模样，不施脂粉，不苟言笑，亲自求见陈翁。”

“他赶你走？”“他与我谈了一会。至我恳切求情，请准成婚时，陈老太拿出掘头扫把——”

选自《第一炉香》

张爱玲 著

第二天她爬起身来的时候，冻得浑身酸痛，脑门子直发胀。屋里的钟已经停了，外面太阳晒得黄黄的，也不知道是上午是下午。她在床沿上坐了一会，站起身来就去找睨儿。睨儿正在楼下的浴室里洗东西，小手绢子贴满了一墙，苹果绿，琥珀色，烟蓝，桃红，竹青，一方块一方块的，有齐齐整整的，也有歪歪斜斜的，倒很有些画意。

刘以鬯：

谈《酒徒》及《对倒》

刘以鬯的《酒徒》和《对倒》分别写于60及70年代。《酒徒》在1987年由香港电台电视部的“小说家族”改编成电视剧；《对倒》中的三段文字则在2000年王家卫导演的《花样年华》中出现，电影结束时还特别鸣谢刘以鬯。在这次访问中，刘以鬯细述了有关这两部作品的写作问题，兼及其文学生涯中的苦乐经历，呈现了作品背后作者的真实生命。

刘：刘以鬯　卢：卢玮銮
熊：熊志琴　车：车正轩
林：林秀莉　陈：陈露明
恩：黄楚恩　钟：钟咏诗
萍：黄燕萍　邓：邓依韵

2002 年 4 月 17 日

14:00—16:00

"我写小说已六十多年，第一篇小说是在 1936 年写的。六十多年来，今天还是第一次这样跟别人谈我的作品。我写小说，完全是自学的，从来没有请教过任何人。"

我的写作生涯

卢：今天很感谢刘先生特地由太古城来这里接受我们的访问，同学在这学期研究了您的两部作品（按：指《酒徒》与《对倒》），他们很希望能通过这次见面，向您请教一些问题。

刘：我写小说已六十多年，第一篇小说是在1936年写的。六十多年来，今天还是第一次这样跟别人谈我的作品。我写小说，完全是自学的，从来没有请教过任何人。

小思是我的好朋友，我和她都喜欢研究香港文学。今天，她叫我来跟各位见面，在此我想申明几点：第一，多谢各位研究我的作品。对于作者，有人研究他的作品就是鼓励。第二，很多人都不知道，我写稿最多的时候，一天写一万两千字至一万三千字，假如这样只写一星期、一个月并不是太辛苦，但我在香港这样生活了三十年，最多一天写一万三千字，最少也写八千字。各位也许觉得我在说谎，但这是真的。我不知道你们图书馆有没有70年代、60年代或50年代的报纸，有一些报纸，图书馆是不收藏的，小思老师他们的一本研究著作《香港文学大事年表》[1]，里面似乎没有提到《成报》。其实当时《成报》是全香港销路最大的报纸，第二是《星岛晚报》。这两家报馆我都有替他们写稿，连续不断写了二三十年。我这样说是想各位

了解，作品虽然是我自己写的，我对当时写作的情况已记不清楚。比如《对倒》是我在 1972 年写的，但现在我相信各位对我小说的内容比我还要清楚。在这样大量生产的情况下，甚至《酒徒》也是，我每天写一千字就送去《星岛晚报》。

那时候没有传真机、打字机和电脑，我写稿，只能用原子笔写。稿子写好，还需要想办法把稿子送去报馆。我这样说，你们现在可能觉得很新鲜，也觉得不是问题，然而这在当时实在是件麻烦事。通常我只有三种方法，第一，比如说《银灯》[2]，他们有一个年轻女孩到我家拿稿件，我每个月给她一百块，顺便叫她把稿送去《新晚报》。第二，我住的大厦门口有几辆“白牌车”[3]，我曾经跟一位“白牌车”司机约定，每天送一篇稿去《工商晚报》，每个月给他一些钱。但这只能解决一小部分稿件，留下的那一些，要么我去送，要么我太太去送。当时我天天写，就算每天平均写一万字，写了以后，还要到报馆

1 刘先生所指的是由黄继持、卢玮銮、郑树森主编的《香港文学大事年表》，香港：香港中文大学，人文学科研究所，1996 年。

2 《银灯》是香港六七十年代的娱乐小报，重点在刊登娱乐新闻，副刊则有流行小说。

3 用私家车牌，却不合法地接载客人以谋利的车子，港人叫“白牌车”。

上班编副刊，编完还要吃饭，还要兼顾生活上其他的事情。这样的生活我过了三十年，实在非常辛苦。

我唠唠叨叨讲这些，不过想解释一点：对于我的作品，有些问题我可能没法替你们解答，因为我可能已忘记。所以我刚才说，我的作品你们可能比我还清楚。或者我再多说几句，然后由你们提出问题吧。美国一位得过诺贝尔奖的作家 William Faulkner（威廉·福克纳），他专写意识流小说，我比较爱看他的作品。他的代表作是 *The Sound and the Fury*（《喧哗与骚动》），Richard Hughes（理查德·休斯）在为此书写的序言中，一开头就这样说，有人问一位著名俄国舞蹈家这舞有什么意思？舞蹈家答，要是三言两语就能解释清楚，我就不用花那么多的时间去跳了。Richard Hughes 这样讲，意思很简单：要三页的篇幅来解释长达三百多页的 *The Sound and the Fury* 是不可能的。现在，请大家发问吧。

改编《对倒》

萍：刘先生，我们知道您的作品《对倒》曾被改编成电视剧[4]，而且在拍摄过程中更做了一个时代的换置，把小说的背景由原来的70年代改为80年代，使电视剧充满强烈的时代感，带出社会上不同的问题，以及香港人面对九七回归那种何去何从的心态。请问这个电视剧能否代表您对80年代香港社会的观感呢？

刘：电视与小说是两种不同的艺术表现形式，所以，同一个主题以不同的艺术方式去表达，便会产生不同的效果。

关于电视，当时该剧的导演问我可否让他们改编《对倒》，我说当然可以，对于我，这是值得高兴的事。但她说改编《对倒》有一个问题：我写的是70年代的旺角，她找我的时候已是80年代，在80年代拍摄70年代的景物，会有困难。关于这种困难，我是了解的。随便举个例子，小说里有一个卖马票的，就像北京卖冰糖葫芦的那样拿着木架子，上边夹着一张一张马票。到了现在仍然有读者问我："刘先生，你写的卖马票是怎样的？"当时马票卖两元一张，他却卖

4 1987年，香港电台电视部戏剧组的"小说家族"，把刘以鬯的小说《对倒》改编成电视剧，由张少馨导演。

两元一角。这种卖糖葫芦式的卖马票，80 年代已没有。所以 80 年代拍 70 年代的背景，麻烦很多。

很多人觉得王家卫的《花样年华》拍得不错，事实上他确是很认真，他连电影里的那个电话也是 60 年代的。他那时曾跑来《香港文学》（按：指《香港文学》杂志社）找我，电影里面的那个主角其实是写我，他问我："刘先生，你当时是用什么写作的？"于是我给他看我的原子笔，告诉他我就是用这种笔写作的。他又问："稿纸呢？"当时我有一些上面印着"刘以鬯"的原稿纸。可见如此细微的地方他也注意到。

所以，如果在 80 年代要拍 70 年代的旺角，单是背景，就有许多困难需要克服。所以当《对倒》的导演问我可否把背景改为 80 年

代，我说可以。作为原作者，如果有人改编我的作品，我是绝对不会加以限制的，甚至有其他诠释也可以。

钟：请问，在您的作品（按：指《对倒》）里，您用了一个老人家和一个女孩做主角，为什么会有这样的安排呢？

刘：首先，读者应该知道我这个作品的idea是怎样得来的。我喜欢集邮。那时候，有些邮票在香港不易买到，有时候，就得寄信到外国参加拍卖。一次，伦敦一家最大的邮票公司拍卖邮票时，有一枚“慈寿票九分银直双连对倒旧票”，估价四十英镑。我立即写信去竞投[5]，居然投得了。当时我很满意这对邮票，用放大镜欣赏很久，看着看着，产生了用“对倒”方式写小说的念头，我用对倒的方式表达一老一少的生活，老的常常回忆过去；少女常常憧憬未来。这就是我写这本小说的idea。

5 1972年，刘以鬯于伦敦吉本斯公司举行的邮票拍卖中，投得“慈寿九分银对倒旧票”。详参刘以鬯：《对倒·序》，香港：获益出版事业有限公司，2000年12月，第21页。

从报纸连载到《花样年华》

萍：刘先生，想多问您一道问题，刚才您说您一天写一万多字，我们大家都很吃惊。我想是否因为《对倒》原来是在报纸上刊载的关系，所以里面会出现一些不小心的瑕疵，与您本身的构思有所出入？比如您刚才说主角之一亚杏是常常活在憧憬里的，可我们在书里如第十节也找到一些亚杏的回忆片段，但“回忆”其实应该是淳于白的专利。

刘：这个问题不大，我们不应该说那男的一定只能回忆，他喜欢买卖黄金、股票，我们不能否定他也有幻想一天“大有斩获”的可能。不过，每天写万字连载小说，难免在小说中出现瑕疵。为了使各位能够了解这种情况，我愿意趁此举一个实例：我写过一本叫《围墙》[6]的书，最早在《星岛晚报》刊登，当时的题目叫《侧坐者》。我小时候，有钱人除了发妻之外，一般还有两三个姨太太。《围墙》写的是我们乡下一个有钱人。那时候的姨太太，吃饭不能正面坐，一定要侧着身子坐，因为她不是发妻。因此，我把《侧坐者》作为题目。后来出版商

6　小说《围墙》，最初以《侧坐者》为题，由1962年4月6日开始在《星岛晚报》连载，至1962年10月17日完结，后改名《围墙》，于1964年4月由汶诤图书公司出版。

对我说："刘先生，我们是做生意的，这个题目没有人会懂，印出来可能没有人买。"他要我改题目。但我认为题目是要配合内容的，那时我们乡下有钱人家的墙壁很高，高墙里包围着一个天井，里面有很多水桶，又有晾衣服的，外面看不到里面，那是另一个天地。于是我把书名改作《围墙》，我的意思是：一个女孩嫁入有钱人家之后便成奴隶，墙外的人不知道里面的事，墙内的人也不知道外面的事。

我觉得以此作为报纸连载小说的题材，相当有趣。那时我每天写一千字，写完便送去报馆，第二天拿起《侧坐者》，上面一句是之前写的，第二天就凭这一句继续写下去。所以绝对会有错误。我一天要写十来个连载小说，故事和人物常在我脑袋里转来转去，我曾经错误地把这个小说的人物写到另一个小说里去，但也没有人知道。后来我忘记了《侧坐者》是写到第 7 还是第 8 段。如果今次写 8，可能上次已经写到第 8 段了；如果写 9，上一次可能是 7，怎么办？问题是：我写十来个连载小说，抽不出时间考虑，否则稿子便来不及写。没有办法，小说前几段用的是 1234567，写到这里，只好改用大黑点分段。

后来有一家出版社想出这本书，并将题目改作《围墙》。出版前，要把大黑点改掉很容易，然而我连这一点时间也抽不出。结果，这本

书前部分是 123456，后部分则是一个又一个大黑点。这件事我从来没有跟别人说过，今天你们问我写作上的困难，我才说出这种情况。

卢：这里可以补充一下，黄楚恩，你跟刘先生说一下你整理的报纸材料。她将整部小说（按：指《酒徒》）跟报纸上刊的校对了一次。

刘：有什么不对的？

卢：不是不对，有些问题她问我，我不懂回答，现在请您解决。

刘：《对倒》如有错字，再版时可以改正。现在，《对倒》的影响愈来愈大，使我得到很大的鼓励。1972 年，《对倒》在《星岛晚报》发表后，因为是一部没有故事的小说，大部分人都不注意。过了三十

年，情况有了很大的改变，不但被译成英、日、法文，而且使名导演王家卫从中获得创作灵感摄制《花样年华》。

我今天带来那部谈《花样年华》跟《对倒》关系的书，是王家卫编的。这本书也叫《对倒》，书前有一篇《序》是写给我的。《花样年华》公映时，王家卫请我去看。看的时候，我觉得跟《对倒》有些相似，但我书中的一男一女是没有关系的，电影里却是有关系的。看完电影后，银幕忽然出现很大的字：鸣谢刘以鬯先生。我跟太太说不用这样嘛，里面只用了我三段文字。但我太太却说电影跟我的《对倒》蛮像的，例如结构呀什么的。

从长篇到短篇

邓：刘先生，有关《对倒》从长篇到短篇的剪裁，您在《对倒》的序里也曾提到，因为艺术性与节奏紧密的原因而作出了删剪。小说里一些我们认为挺重要的人物，您在短篇里却把他删去，例如淳于白与朋友老李讨论金融问题，而他在长篇里有十余节是跟淳干白在酒楼里吃鲍参翅肚。

刘：哦，他们在旺角遇见后便一起吃饭去。

邓：嗯，那本来占了很多篇幅，但在短篇中您就把他删去。反而有一对父子，那个小朋友不断要父亲买雪糕的……

刘：那个吃ice-cream（雪糕）的？

邓：是的，这个你则保留在短篇。我想问您的剪裁原则是怎样的，为什么会有这样的安排？

刘：这个问题，我又有很多东西可以回答。我写小说首先对自己有一个要求，就是要“求新、求异”。我不喜欢跟在别人背后走，但写具有独创性的小说，并不容易。全世界的小说浩如烟海，有些你可能没看过，你写了一些东西以为很新，其实人家早已写过。我曾有过一些类似的经验，但这并不重要。这像学校里做的化学实验、物理实验，你可能一百次、一千次，甚至一辈子都失败，但不要紧，你已

经做了自己的工作。而且，要是有一次你成功发明了治癌症的药，你便获得诺贝尔奖。这么多年来，我写娱乐自己的小说时就是这样——求新、求异，这是第一点。

第二，以新的手法来写小说，有时可能会取得相反的效果。《对倒》较新的地方是：两个主角之间没有关系。我以为这点“新”是成功了，可是，小说却失去了应具的趣味性；没有趣味性，很难吸引读者追看下去。

《对倒》发表后四年，也斯与朋友办了一本杂志叫《四季》，他对我说：“刘先生，请你替我们写一篇小说。”那时候我很忙，想到不如就拿《对倒》改成短篇，把一些枝节删去，比如你刚才说的饮茶那部分，但那对吃雪糕的父子却不能删去，因为这是另一种写作技巧。《对倒》除了运用对比的手法外，还有就是同一个背景，两个主角在不同的时间或是在差不多的时间经过，比如老的从弥敦道走到西洋菜街，年轻的也从西洋菜街走过。二人经过的背景有些是一样的。此外，小说必须注意叙事结构，像是一间房子的构造，在这方面我下了不少功夫的。例如那个男的在咖啡屋里看见那对吃雪糕的父子，后来女的也看见这对父子，大概这样吧，我也不太记得清楚，这就是在不同环境所经历的同一背景，所以这一点是不能删的。

具逻辑的意识流小说

林：刘以鬯先生，您在《酒徒》里运用许多新的写作技巧，例如把诗和小说结合，即使小说的“意识流”技巧，您也是用自己的方法去表达……

刘：你说得很对。

林：我正想问您是如何用自己的方法（按：指意识流技巧）去写这一本小说。

刘：“意识流”英文叫stream of consciousness，是technique（技巧），不是流派。“意识流”所表现的主要是人类脑袋里的illogical idea（非逻辑意念），人们的思维像流水一样，illogical是非逻辑，好像James Joyce（詹姆斯·乔伊斯）、William Faulkner，还有Gertrude Stein（格特鲁德·斯泰因），他们写的意识流小说都是illogical的，但我在《酒徒》里所用的technique是logical的。我觉得一个小说作家，作品总要有自己的表达方法。而且我想到的不一定是illogical的，有时候我觉得自己在思考问题时，是很有分寸和条理的。《酒徒》里有三个女人、一个阿婆，雷老太把酒徒当作自己的儿子，是一部有故事的小说。但外国的意识流小说是没有故事的，比如William Faulkner的一部小说写一个患有精神病的人，他用精神病人的思想写了很重要

的part（部分），可是我真的不知道他要说些什么，就算读了别人介绍他小说的书，我还是不明白。

我试图将现代主义跟现实主义结合来写小说，《对倒》也是将两种主义结合起来的，这是我小说写作的方向，也是我给你的答复。

“我”和“你”其实都是作者自己

邓：刘先生，我有一个疑问，卢老师在“香港文学专题”课上提过，作为读者的我们看《酒徒》时，一直认为主角“酒徒”名叫“老刘”，但事实上小说中的“我”，究竟是不是真的叫“老刘”？举一个例子，我忘了页数，有一段写到，当叙事者说……

林：是电车那个部分。

刘：让我看看。我可能忘记了。

邓：对，是电车那个部分。该段曾有人称呼其中一人为“老刘”，所以我很想知道主角是否“老刘”？

刘：最近我见过王家卫，他说想把《酒徒》拍成电影，但已有人取得这个小说的版权，于是王家卫决定另写一个与《酒徒》相似的故事。他对我说：“《酒徒》中的‘我’也是你；《对倒》里的淳于白，大半也是你。”事实上，我们写小说的，就算不用“我”，里面大部分都是“你”，因为人物的一切都是作者的感觉，是你把自己借给小说的人物。我写了这么多的小说，基本上每一本都有“我”。因此，你们问我《酒徒》中有关老刘的事，我已经记不起了。小说里的人物虽然不完全是“我”，但又有很多“我”，譬如酒徒要办一本文学杂志，写这部小说时，我根本没有能力在香港办文学杂志，然而当时我

已有这个念头。直至 80 年代，有人愿意资助我办杂志，与小说所写的已经相差二十多年了。可见小说中的这个“我”，对任何作者来说，即使不用“我”，而用“你”，其实也是作者自己。

两个理想：
办出版社，办文学杂志

卢：这是邓依韵同学，她毕业论文是研究首五年共六十期的《香港文学》，她将会把所有资料送给你。

刘：好的，我很需要它，有时想翻查一些资料，手边却没有（按：《香港文学》）。非常感谢你！

邓：不用客气！我做得比较粗疏，当中有很多不足之处，希望刘先生您能指正。

刘：不要这么说。这本杂志是我理想的实现。我从小便有两个理想，另一个是办出版社，因为我自幼便喜欢看书，看的也是文学书籍，有时老师讲课我也不听。

1936 年我读高中二年级，那时的我已经走着与新感觉派不同的路，另一方面当时写农村小说的人很多，我却没有能力写，因为我自幼在都市长大，完全没有条件学别人写农村小说，唯有走自己的路。那时我有一个愿望：办出版社。抗战胜利后我回到上海，我爸爸在抗战期间的上海逝世。妈妈把爸爸剩下的钱分给我和哥哥，我拿到钱，便办了一家出版社[7]。

7　1946 年，刘以鬯创办的出版社正式成立，取名“怀正文化社”。

我第二个愿望，便是办文学杂志。那时我在上海办出版社，戏剧家徐昌霖介绍一位作家跟我见面，我问他是谁，他说是姚雪垠。抗战期间，姚雪垠在《文艺阵地》发表短篇小说《差半车麦》[8]，我认为这是当时最好的一篇小说。抗战期间能够在中国引起轰动的两个短篇小说，一篇是姚雪垠的《差半车麦》，另一篇是张天翼的……我忘了叫作什么先生[9]。我不太喜欢这篇，它不像一篇小说，而是一个 sketch（速写），我认为他写得不太好。相反，姚的那篇我却非常喜欢，所以当徐昌霖要跟我介绍姚雪垠时，我便答应了。

那时的我，吃下午茶总会去上海最好的地方——二十四层高的"国际饭店"，这是当时最高的建筑物。三楼是咖啡厅，放眼望去可以看到跑马场。厅内每个人坐的都是大沙发，好像现在 Pacific Cafe。我在办出版社时，每天下午都会跑去那里喝咖啡。我就约了徐昌霖和姚雪垠在那里见面。我问姚在写些什么，他说正在写一个长篇小说，题目是《长夜》，因为他是河南人，我不太听得懂他的国语，所以把它

8　1938 年 5 月，姚雪垠的短篇小说《差半车麦》，发表在香港茅盾主编的《文艺阵地》第 1 卷，第 3 期。

9　《华威先生》，原载《文学》月刊，1935 年 9 月 1 日，第 5 卷，第 3 期。

听作《创业》。小说写的是20年代河南的土匪生活，充满乡土气息。我要他把这部小说给我们出版。

后来，我发现姚雪垠的经济情况不太好，便邀请他住在我的出版社，他写什么我便出版什么，结果总共替他出版了四本书。此外，我跟他说我想办一本文学杂志，邀请他参与编辑工作，那本杂志本来打算专门刊登小说的，可是稿件收齐后，金元券大跌，一包烟早上卖五万元，到了中午可能要七万元，晚上更要九万元。日子很难过，这本《小说杂志》就出版不成了！

娱人娱己，
商品与文学并存

黄：刘先生，我有一个问题一直很想请教您，然而这不是我们预先准备要讨论的。刚才您说到自己写小说的原则是要“求新、求异”，而我在别的地方也曾听您说过，您一直挣扎着要娱乐别人还要娱乐自己，并且时常犹豫在商业与文学的界限之间……

刘：两者可以共存，没有问题。

黄：是的，然而我发现像《酒徒》这样一本较为严肃的文学作品，当中有三个女人，看来也带有一些商业的元素。

刘：有的，这是习惯问题。因为我习惯了写这些东西，而且我不是完全奉行形式主义，将其他都撇走。这是一个很好的问题。现在有人想把《酒徒》拍成电影，但他的idea与我有点不同。我想以拍“酒徒”一角为主，他却想拍当中的四个女人。前天，王家卫对我说，他对《酒徒》里的包租婆很感兴趣，这确实有一点娱乐成分。我的意识流写作是有故事性的。小说没有情节当然是可以的，但是小说有情节亦无不可。在你的生活中，你每天所看的报纸，哪一段新闻不是情节？

“三十六跟三十六不一样”

陈：刘先生，我想问一个有关“意识流”的问题。刚才您说过您会运用一些有逻辑的手法去描写人物的意识，但小说中有些地方，同学们怎样也读不明白，我想问，您是否有意这样写？譬如小说的第七页，“三十六跟三十六不一样”这一段，我们很不明白。

刘：你提到的一段，是我写酒徒在喝酒时观望雨窗产生的幻觉和幻想；然后透过水晶帘看到一些幻象。“三十六跟三十六不一样”就是酒徒在酒后的混乱思维，有点obscurity（朦胧），甚至违悖理性。至于选用三十六，因为三十六是比较熟悉的数目，为三十六行、三十六计、三十六官、三十六郡、三十六体、三十六个天罡星等。隔一行的“与8字共舞”，“8”字来自一种形态——一个女人的身体。读者在阅读的过程中，有时候需要加入自己的思想。

《吵架》有“物”

刘：约一个月前，该期的《香港文学》有一个关于法国文学的专辑，由一男一女主持 。他们正在编一本法文版的《香港短篇小说选》，其中选了我的《吵架》，于是他们来访问我。有些读者，以为我这篇小说是受新小说的影响，其实不是。新小说反对故事情节，认定物比人重要，但《吵架》有物，也有情节。那个法国人问我：“刘先生，你这篇小说最后有一个surprise ending（出人意表的结局）。”我说是的。我让主角最后留下一张字条，目的是要让读者亲自思考两个主角是如何吵架的。这是其中一点。

第二点，那个法国作家问我：“刘先生，你写这个‘物’是有作用的吗？”我说有的。今天让我把自己写过的inside-story，讲给各位听。那时他再问我小说中有关电话掉到地上等的情节。我回答他，香港是东西文化的交流点，生活在香港的人，家里的摆设都是东西文化的结合：挂着中国脸谱的墙壁，前面放着一部电话；台灯是铁制的，家具却可以是红木。小说这样安排，目的让读者亲自思考文中被破坏的东西，从而幻想到这家人的经济情况。第二，表现出文中妇人与丈夫的生活兴趣。妇人喜欢脸谱，表示她也喜欢京戏，不是谁都喜欢将

脸谱挂在墙上的；你喜欢红木做成的椅具，也就是你喜欢中国的旧家具，并且不排除中国的旧东西，而且非全新不可。如此安排，人物虽未出场，读者也能看出人物的性格。

《酒徒》不能戒酒

车：刘先生，我们把《酒徒》一书与连载在报纸上的小说互相校对时，发现刊登在报纸上的第十章是没有分作A、B两章的，但小说出版时就分为A、B，我们想不通您为何有这样的安排。

刘：我也不知道，因为我已经忘记了。你拿给我看看。报纸是怎样的？

车：小说在报纸连载时，A、B两章之间您只用一个大黑点把它们分开。

刘：第十章写躺在病床上的酒徒想念张丽丽，然后产生梦幻。A写躺在病床上的酒徒；B写酒徒的梦幻。

林：刘先生，《酒徒》的结局，主角最后仍然戒不了酒，这是您一早安排的要让他戒酒失败，还是在写作的过程中，您觉得不断的循环也是一个挣扎，所以在这里把故事完结了，还是您有别的安排？故事的结局似乎很无奈。

刘：这个问题十分简单，很多人都解读过。人在不知不觉中仍要吃饭，酒徒对酒亦如是。他清楚知道自己不能喝酒，然而只要有钱，他不吃饭还可以，不喝酒则不能，这里是故意描写酒徒有如此的性格，并没有什么特别的意义。一篇小说结束时，总需留给读者思考

的空间。酒徒要是肯戒酒，他在某方面会有些成就；反之，纵有才华，也会一事无成。

林：刘先生，您在小说里所讲的香港文坛情况，事实上与现在的情况有点相似。您对现在的香港文坛有什么看法，是比书中描述的有所进步，或是相似，还是更差呢？

刘：我告诉你们，当时的确有这些事情发生。当时的P会常派代表到外国去参加国际P会；常在国外出丑。不提别的，单是《热风》第九十六期发表的《你们居然又代表了中国的作家》（春水作），就清清楚楚说出了当时的实际情况。《热风》第九十七期（1957年9月16日出版）不但刊出王雪霞的讽刺诗《金笔套》，还在《热风冷雨》中坦率地指出“所谓‘中国代表’，是要用美国种的甜葡萄培养出来的”。

此外，你们可能不相信，我的剧本被人偷去拍成电影，自己竟一毛钱也没有收到。那是50年代，我在新加坡，有一个大明星走来找我，他说新加坡有个地方叫土桥头，那里有一间三轮车行。他问我可否利用老舍的《骆驼祥子》来写土桥头，篇名叫作《风雨土桥头》，理由是：新加坡有一个非常有名的剧本叫《风雨牛车水》。他认为《风雨土桥头》跟《风雨牛车水》名称上差不多，南洋观众较易接受。

至于故事则根据老舍《骆驼祥子》改写，角色也差不多。后来我给他写了，当时在电影杂志也有广告刊登出来，我却一毛钱稿费也没有收到，新加坡的小报曾报道这件事情。此外，马来亚的著名作家方北方的一篇小说在香港被人拍成电影后，也没有拿到酬金，因此有人报章上写：刘先生也被骗了。“刘、方二氏的作品被吃，可以说是异床同梦。”（请参阅方北方著，《马华文艺泛论》，第203页）事实上，我写《酒徒》时，心里实在有很多牢骚，但又不能随便写，只好借《酒徒》抒发。

诗与小说

陈：刘先生，在您的作品《不是诗的诗》中……

刘：这本书的印量少之又少。

陈：您在 2001 年 6 月写过：“我用酒浇注文字　酒可助文字成诗　诗可助小说重获活力”，我想问这三句是否在您想起《酒徒》一书时所写，或是你对内容和形式结合的一个总结，还是有别的含义呢？

刘：意思是这样的。我并不喝酒，但多少都尝过一两口。有时朋友敬酒，我也会喝一点。我发现喝了一小口酒后的感觉，似是被火烧似的。我觉得酒具有一种刺激作用。

陈：另外，我们知道刘先生您是十分主张以诗入小说，我想请问《酒徒》一书，您有否刻意运用诗歌的技巧？

刘：我最初是学习写诗的，后来我不再写诗了，但对诗的兴趣仍然十分浓厚。为何我小时候先学习写诗呢？理由很简单，因为诗容易完成。过了一个时期，虽然发觉诗是最难写的文学作品，但对诗仍感到兴趣。一直在写《不是诗的诗》，原因是：我写的诗不是诗，但我也是写诗的。我在《酒徒》中，写过不少诗句。

谈到这里，我想趁此谈谈《寺内》。对我而言，写《寺内》是非常非常辛苦的。为什么？全世界的诗体小说如普希金的、拜伦的，都

是用诗来写故事，即故事诗。我不想跟随他们，便改用小说的形式来写诗。

邓：刘先生，您对诗的喜好会否也体现于您所编辑的《香港文学》中？在我的论文里，有一个小章节提到，您对于诗的专页非常重视。例如以漂亮的粉纸印刷，以及找专人如水禾田以画配诗。

刘：我一直认为诗是文学中最重要的文类。最近我也提过，文学要继续生存，唯一的希望在于诗。如果不写诗，文学早晚被淘汰，所谓“淘汰”是指纯文学的淘汰。所以，我在编辑《香港文学》时特别重视诗页。

《端木蕻良论》中的文学意见

熊：我想请问刘先生，我们认识的刘先生是一位作家或是一位编辑。刘先生写评论的文章似乎比较少，特别是文学的评论。但其实您曾在七十年代写过一系列的文章来评论端木蕻良的作品，后来也出版了一本薄薄的书叫《端木蕻良论》。在《端木蕻良论》的后记中，刘先生您甚至用自己在《酒徒》中对端木作品的评论来表示自己的文学立场?

刘：有的。《酒徒》中提到的事情，有些写新文学史的人也不知道。《酒徒》在1963年出版，当中介绍的几个作家，当时在内地是不被接受的。也斯认为《酒徒》最重要的是我对新文学看法的部分。小说中提到端木蕻良、穆时英、台静农、沈从文和张爱玲等。当时内地所出的文学作品，多数是novel with a purpose（主题先行的小说），即你先有主题然后才写。当时内地的文艺批评只重视政治标准，不重视美感标准。我写《酒徒》时，执拗地说出一些与众不同的看法。

熊：《酒徒》以外，从《端木蕻良论》也可以发现刘先生对文学的意见，而看《酒徒》则更可以印证你的这些看法。然而，不知道刘先生现在对文学的要求或者看法，会否另有意见呢?

刘：所有的作家，他在一个时期的想法是不可能延续的。读中

学时，我十分爱看文学作品。当时我很喜欢东北作家的小说，为什么？理由有二：一、我喜欢读端木蕻良和萧红的作品；二、年轻时的我曾参加过游行，当时东北作家的抗战意识非常浓厚，所以只有他们的小说可以满足我的要求。到了1974年，美国有人举办中国文学座谈会，当时有一个人……我忘了他的名字，我书里有提及。

熊：是否董保中？

刘：是的。董保中在杂志发表的《记一次现代中国文学座谈会》中说："……对我们这三四十个参加现代中国文学会议的来说，竟然没有一个人看过端木的作品……"我读过这篇报道后，断断续续写了六万多字关于端木蕻良的稿子。不但如此，我还到湾仔华东商业大厦访问周鲸文。之后，我将这些稿子结合成《端木蕻良论》，交世界出版社出版。此书出版后，端木蕻良写了信托朋友转交给我，说想看看我写的《端木蕻良论》，因为从来都没有人写一本关于他的书。当时我很想把书寄给他，但又不能，我只好把书撕开，五页、四页为一封信，隔几天又寄一封给他。结果他看了这本他人生中第一本别人讨论他的作品的书，很感激我。我很少去北京，有一年我带领一个香港作家代表团访问北京。吃饭的时候，小说家陈建功走过来跟我说，饭后

带我去探端木蕻良。这样，我再一次与端木蕻良见面。后来我与他常常通信，这些信都是讨论他的作品的，有很厚的一叠。

卢：我们十分感谢刘以鬯先生，给我们这样好的机会，可以直接问很多问题，真是获益良多。

选自《对倒》（短篇版）

刘以鬯 著

1

亚杏转过脸去一看，两个男子中间的一个手里拿着一根竹竿，上边用衫夹夹了许多马票，他是一个贩售马票的人。

2

（第十节）

惊悸的心情消失后，亚杏迈开脚步朝前走去，望望那一堆围作一团的人群，望望人群中间那根有如雨伞般的马票竿。马票，在风中飘呀飘的。那贩售马票的中年男子仍在讲述他目击抢劫金铺的情形。他的声音很大。没有人向他购买马票。亚杏想："中了马票之后，买三层新楼；两层在旺角区，一层在港岛的半山区。我与阿妈住在港岛；旺角的两层交给阿爸收租。"——亚杏的父亲是个莫名其妙的人，中午出街，总要到深夜才回来。没有人知道他在外边做什么，连亚杏与她的母亲也不知道。

走到那家被劫的金铺门前，亚杏站定。许多人站在那里观看。金铺的铁闸拉下一半。亚杏看不到里边的情形，索性蹲下身子，虽

然看到几条大腿在移动，却不知道那些人在里边做什么。警察走来维持秩序。不许闲观的人接近被劫的金铺。闲观的人都在谈论这件事，七嘴八舌，每一个人都将嗓子提得很高，企图凭借声调去压服别人。

在她前面，是一对年轻男女。男的用左臂围住女的肩膀，女的用右手臂圈住男的腰部。

“有一天，我有了男朋友，也要用这种姿态在街边或公园或郊外行走，”她想，“到什么地方去找男朋友？我为什么交不到男朋友？楼下士多的伙计亚财常常对我笑，我不喜欢他。他的牙齿凹凹凸凸，长长短短，很难看。他有一只酒糟鼻，很难看。他的太阳穴有一块瘢疤，很难看。我要找的男朋友，必须像电影小生那样英俊。”

走了一阵，她见到一个年轻男子，瘦瘦高高，长头发，穿了一条“真适意牌”的牛仔裤，右手插在裤袋里。裤子是蓝色的。裤袋却是红方格的。亚杏盯着他观看，再也不愿意将视线移到别处。那年轻男子用牙齿咬着一支细长的香烟。

亚杏走到他身边，望望他。

他转过脸来，望望亚杏。

使亚杏感到失望的是：这个用牙齿咬着香烟的年轻男子，不但没有对她多看一眼，反而大踏步穿过马路去了。亚杏望着他的背影，仿佛被人掴了一耳光似的。她希望疾驰而来的军车将他撞倒。

继续沿着弥敦道走了一阵，忽然感到这种闲荡并不能给她什么乐趣，穿过马路，拐入横街，怀着重甸甸的心境走回家去。横街有太多的无牌小贩，令人觉得这地方太乱。亚杏低着头，好像有了什么不可化解的心事了。其实，那只是一种无由而生的惆

怅。她仍在想着那个用牙齿咬着香烟的男子。她固执地认为年青男子应该留长头发、应该穿“真适意”的牛仔裤、应该将右手塞在裤袋里、应该用牙齿咬着香烟。她希望能够嫁给这种男子。这样想时，已走到距离家门不足一百步的地方。她见到地上有一张照片。

3

一个脸色清癯的瘦子带着一个七八岁的男童走进来。起先，他们找不到座位；后来，淳于白旁边那只小圆台边的食客走了，他们占得这个位子。

“我要吃雪糕，”男童说。

“不许吃雪糕，”瘦子说。

“我要吃雪糕！”男童说。

“不许吃雪糕！”瘦子说，“你喝热鲜奶！”

“我要喝冻鲜奶，”男童说。

“不许喝冻鲜奶，”瘦子说。

“我要喝冻鲜奶！”男童说。

“不许喝冻鲜奶！”瘦子说。

瘦子向伙计要了热鲜奶与雪糕。他自己吃雪糕。男童忍声饮泣，用手背擦眼。

“不许哭！”瘦子的声音很响。

“我要阿妈，”男童边哭边说。

“到阴间去找她！”瘦子的声音依旧很响。

"我要阿妈！"男童边哭边说。

"你去死！"瘦子的声音响得刺耳。

好几个食客的视线被瘦子的声音吸引过去了。瘦子不知。那个用手背擦眼的男童也不知。

"我要吃雪糕！"男童边哭边喊。

"不许吃雪糕！"瘦子恶声怒叱。

"我要喝冻鲜奶！"男童连哭带喊。

"不许喝冻鲜奶！"瘦子恶声怒叱。

"我要阿妈！"男童连哭带喊。

"你去死！"瘦子的声音响得刺耳。

男童放声大哭。瘦子失去了应有的耐性，伸出手去，在男童头上重重打了一下。男童大哭。哭声像拉报警。瘦子怒不可遏，站起，将一张五元的钞票掷在台上；抓住男孩的衣领，用蛮力拉他。男童蹲在地上，不肯走。瘦子脸色气得铁青，睁大怒眼对男童呆望片刻，忽然松手，大踏步走出餐厅。男童急得什么似的，站起身，追了出去。这时候，伙计将一杯雪糕与一杯热鲜奶端了出来，发现瘦子与男童已不在，有点困惑。

"走了，"淳于白说。

"走了？"伙计问。

"桌上有五块钱，"淳于白说。

伙计耸耸肩，拿走五块钱，交给柜面；然后将雪糕与鲜奶端到里边去。

选自《酒徒》

刘以鬯 著

1

电车没有二等——十二点一刻——满街白领阶级——汽车里的大胖子想到浅水湾去吃一客煎牛排——喂！老刘，很久不见了，你好？——安乐园的烧鸡在戏弄穷人的欲望——十二点半——西书摊上的裸女日历最畅销——香港文化与男性之禁地——任剑辉是全港妈姐的大众情人——古巴局势好转——娱乐戏院正在改建中——姚卓然昨晚踢得非常出色——新闻标题：一少妇梦中遭“胸袭”——利源东街的声浪——蜕变——思想枯竭症——两个阿飞专割死牛——橱窗的诱惑——永安公司大减价——贫血的街道——有一座危楼即将塌倒了——莫拉维亚写罗马，台蒙伦扬写纽约，福克纳写美国南部，乔也斯写都柏林——香港的心脏在跳动——香港的脉搏也在跳动——电车没有二等。

2

又过了一天，我找到一间光猛的梗房，月租一百二，包水

电。包租婆姓王，是个半老的徐娘，皮肤很白，丈夫在船上做工，每年回港两次。她有两个孩子，都是男的：一个二十岁，一个九岁。二十岁的那个名叫“王诚”，不读书，跟着父亲在船上当学徒；九岁的那个名叫“王实”，很笨，读小学一年级，还要留班。这一家人说是四个，实际等于两个，很清静。王太那一层楼并不大，两房一厅，分租了一间给我。看来，她的经济情形还不错，丈夫在船上做工，经常带些私货，赚钱不会有什么困难。照说，她是不应该分租的，但是她觉得太冷静，家里需要多一个男人。

3

两个圆圈。一个是浅紫的三十六，一个是墨绿的二十二。

两条之字形的感觉，寒暄于酒杯中。秋日狂笑。三十六变成四十四。

有时候，在上的在下。有时候，在下的在上。俯视与仰视，皆无分别。于是一个圆圈加上另一个圆圈，当然不可能是两个圆圈。

三十六与三十六绝不相同。在上的那个有两个圆圈，在下的只有一个。

秋天在 8 字外边徘徊。太阳喜欢白昼；月亮也喜欢白昼；但是，黑夜永不寂寞。谁躺在记忆的床上，因为有人善于玩弄虚伪。

与 8 字共舞时，智慧齿尚未出齐。忧郁等于快乐。一切均将消逝。

4

10 (a)

摇摇头，想摇去那些可怕的往事。耳际听到一种噪音，混乱得很；又仿佛是经过安排的。肚子里忽然燃起烈火，烦透了，睁开眼，窗框围着一块无涯无涘的黑。有人敲门，进来的是穿着白衫的男工，扭亮电灯后，问我晚餐想吃些什么。我说我想喝酒，他露了一个尴尬的笑容。结果，只好要了一客西餐。饭后，医生笑眯眯走来巡房，伸手为我把脉。（我不喜欢这样的笑容，这是魔鬼戴的假面具）

——能睡吗？他问。

——给我喝些酒？

——不，绝对不能。

说着，又露了一个不太真实的笑容，走了。病房里冷清清的，剩下我一个人。（我必须克服自己的欲望与恐惧，我想。）游目四瞩，发现这间病房的布置有点像酒店：现代化的壁灯，现代化的沙发，刚刚粉饰过，整洁得很。（有钱人，连生病也是一种享受。张丽丽的选择是相当明智的。为了钱，她愿意将灵魂出卖给魔鬼。但是，人是感情的动物，她用什么方法将自己的感情冻结起来？她究竟有没有感情？她知道不知道我常在梦中见到她？ ）

有人推门而入，是护士，问我是不是想睡。我点点头，她斟一杯清水，监视我将那粒红色的安眠药吞下。

——要熄灯吗？

——谢谢你。

——安心睡觉，别胡思乱想。

我受到黑暗的包围。

10 (b)

张丽丽的眼睛。罪恶的种子：张丽丽是香港人。香港是罪恶的集中营。我爱张丽丽。我憎恨罪恶。

对酒的渴望，一若黑暗之需要灯笼。鱼离开海水，才懂得怎样舞蹈。第一个将女人喻作月亮的，是傻瓜；第二个将女人喻作月亮的，是大傻瓜。

谁将“现在”与“这里”锁在抽屉里？

一个不读书的人，偏说世间没有书。顽固的腐朽者，企图以无知逼使时光倒流。

古代的听觉。

烟囱里喷出死亡的语言。那是有毒的。风在窗外对白。月光给剑兰以慈善家的慷慨。

有忧郁在玻璃缸里游来游去，朦胧中突然出现落花与流水。当我看到一片奇异的颜色时，才知道那不过是心忧。我产生了十五分之一的希望，只是未曾觉察到僧袍的泪痕。

模糊。模糊中的鞭声呼呼。

人以为自己最聪明，但银河里的动物早已准备地球之旅。这是时代。你不去，他就来了。银河里的动物有两个脑袋，我们的脑子里却装满了无聊的brawlywood：伊莉莎白·泰勒的玩弄男人与玛莉莲·梦露的被男人玩弄。

我以旅游者的脚步走进一九九二年

大战自动结束整个地球已烧焦只是海洋里的水还没有干涸

风也染了辐射尘

懒洋洋地将焦土的青烟吹来吹去

找不到蟑螂找不到蝌蚪找不到蚊子找不到腻虫找不到蚯蚓找不到蚌壳找不到蜥蜴找不到蜻蜓找不到蝙蝠找不到苍鹰找不到鸽子找不到乌鸦找不到鲤鱼找不到鲛鲨……找不到一个人

站在一座烧焦的小山头时声音不知来自何处

他说他有两个脑袋

他说他来自银河中的一个星球

他说他没有身形

他说他只有灵魂

他说他已占领地球

我反对他这样做理由是地球是地球人的地球不容其他星球的动物侵略

他笑了

他说我根本不是一个人

我大吃一惊望望自己没有脚没有腿没有身腰没有胸部没有手

原来我根本不存在

我之所以能够见到他因为我的灵魂还没有散

他说他已占领地球虽然他自己也只有灵魂

我无法跟他搏斗因为他有两个脑袋而我只有一个我变成他的奴隶从此得不到自由

fin.
FILMS

后记

从文化研究的角度剖析文学作品可以说是近年文学研究的“大势”，“香港文学专题：文学与影像比读”请来了演员（张国荣先生）、导演（许鞍华小姐）和作者（伍淑贤小姐、刘以鬯先生）“现身说法”，对所有曾参与课程的同学来说都是十分难忘的经验。若演讲和访问过后就此了无痕迹，那未免可惜，现在把四篇讲稿和访问稿整理出版，不只是为课程留存记录，同时也是为香港文学研究保留第一手的研究资料。

既是记录，又是资料，我们都希望尽量做到准确无误。收录书中的讲稿和访问稿都先由同学根据录音或录影整理出初稿，再由卢玮銮老师和我审订，最后请讲者和受访者改订及授权发表。只有张国荣先生的一篇例外。当日的讲座应张先生要求，不做录音及录影，因此记录乃综合同学的笔记而成。记录初稿整理出来后，因张先生已不在人间，记录由张先生的亲属授权发表。此书顺利出版，在此得特别向慷慨授权发表的张国荣先生的亲属、许鞍华小姐、伍淑贤小姐及刘以鬯先生致谢。

值得一提的是，“香港文学专题：文学与影像比读”是卢玮銮老师 2002 年从香港中文大学中文系退休前最后讲授的课程，此书在保存课堂记录和研究资料之外，更添此一重纪念意义，尤其值得感念。

熊志琴

2007 年 2 月 1 日

附录 1

"文学与影像比读"讲座之一

张国荣：如何演绎李碧华小说中的人物

笔记整理：陈露明　黄燕萍　校订：卢玮銮

"文学与影像比读"讲座之二

伍淑贤：从影像到文字

录音整理：温翠霞　校订：熊志琴

"文学与影像比读"讲座之三

许鞍华：改编与怀旧——由《倾城之恋》谈起

录音整理：李佳玲　校订：熊志琴

"文学与影像比读"访问

刘以鬯：与刘以鬯谈《酒徒》及《对倒》

出席：卢玮銮　何杏枫　熊志琴　郭诗咏　第七、八组导修同学

访问："文学与影像比读"师生

录音整理：黄燕萍、邓依韵　校订：陈露明、熊志琴

附录 2

“香港文学专题：文学与影像比读”精读作品目录

1. 张爱玲：《倾城之恋》，《回顾展Ⅰ——张爱玲短篇小说集之一》，台北：皇冠文化出版（香港）有限公司，1991 年（初版）。
2. 刘以鬯：《酒徒》，香港：金石图书贸易有限公司，1993 年（新版）。
3. 刘以鬯：《对倒》（短篇及长篇），香港：获益出版事业有限公司，2000 年（初版）。
4. 蓬草：《翅膀》，《北飞的人》，香港：三联书店（香港）有限公司，1987 年（初版）。
5. 伍淑贤：《父亲》（之三），《素叶文学》，香港：素叶出版社，1993 年 4 月，第 44 期，第 14—16 页（初版）。
6. 李碧华：《霸王别姬》，香港：天地图书有限公司，1985 年（初版）；李碧华：《霸王别姬》，香港：天地图书有限公司，1992 年（新版）。
7. 李碧华：《胭脂扣》，香港：天地图书有限公司，1985 年（初版）。
8. 马朗：《北角之夜》，《焚琴的浪子》，香港：素叶出版社，1982 年（初版）。
9. 羁魂：《模糊街》，《折戟》，香港：香港诗风社，1978 年（？）（初版）。
10. 梁秉钧：《老殖民地建筑物》，《形象香港》（City at the End of Time），香港：Twilight Books Company in association with Department of Comparative Literature University of Hong Kong Cultural Studies Series No.3，1992 年（初版）。
11. 何福仁：《在一块舒服的木头上午餐》，《如果落向牛顿脑袋的不是苹果》，香港：素叶出版社，1995 年（初版）。
12. 小思：《疯子》，《在路上谈》，香港：山边社，1982 年（新版）。

著作权合同登记号 图字：01-2019-3713

本书原由三联书店（香港）有限公司以书名《文学与影像比读》出版，现经由原出版公司授权传世活字（北京）文化有限公司在中国内地出版发行。

图书在版编目（CIP）数据

光影的来处 / 卢玮銮，熊志琴主编 . -- 北京：北京出版社，2019.11

ISBN 978-7-200-15007-0

Ⅰ . ①光… Ⅱ . ①卢… ②熊… Ⅲ . ①中国文学一当代文学一文学评论②电影评论一中国一现代 Ⅳ . ① I206.7 ② J905.2

中国版本图书馆 CIP 数据核字 (2019) 第 130529 号

出 品 人：安 东 高立志
项目统筹：孔伊南
装帧设计：泽 丹
责任编辑：王忠波 孔伊南
特约编辑：刘雨嘉 黄纯一
责任印制：陈冬梅

光影的来处
GUANGYING DE LAICHU
卢玮銮 熊志琴 主编

出 版：北京出版集团公司
北京出版社
地 址：北京北三环中路 6 号
邮 编：100120
网 址：www.bph.com.cn
总 发 行：北京出版集团公司
印 刷：北京汇瑞嘉合文化发展有限公司
经 销：新华书店
开 本：787 毫米 × 1092 毫米 1/32
印 张：6.75
字 数：130 千字
版 次：2019 年 11 月第 1 版
印 次：2019 年 11 月第 1 次印刷
书 号：ISBN 978-7-200-15007-0
定 价：68.00 元

图书策划 活字文化 Moveable Type

目录

光影的来处

卢玮銮　熊志琴　主编

北京出版集团公司
北　京　出　版　社